Gamberetto 517

Il y a un sens de la biologie comme il y a un sens de l'histoire. L'être humain ne peut empêcher qu'il n'en vienne tôt ou tard, à se regarder comme un simple matériau natif, dont il s'appliquera à tirer le meilleur parti, comme aujourd'hui il s'applique à améliorer la qualité d'un acier ou d'un caoutchouc.

Jean Rostand, Inquiétudes d'un biologiste, 1967

1

Tu quittas le port de Livourne à bord du *Njörd VII,* un clipper solaire dont la vieille étrave bleue fendait la Mer de Ligurie, les voiles gonflées d'air et traversées d'énergie solaire. Suspendus à des vergues dans des harnais couleur prune, trois ingénieurs gabiers, radiocommandes entre les mains, échangeaient des plaisanteries dans le bourdonnement virevoltant des drones de maintenance. Une hostie blafarde dans le gris du ciel balayait de ses faisceaux la côte de ton pays de nuances laiteuses et sans relief, et déjà tu pensais à la petite famille que tu laissais derrière toi. Il y avait deux semaines, ta femme

Giuliana t'avait annoncé par courrier une décision fatale : elle allait te quitter. Vos divergences de point de vue s'étaient accentuées avec la naissance d'Ornella. Depuis, tu te sentais considéré comme un parasite à la présence maussade, Ulysse mollasson et distrait en sa demeure. Tu songeas au visage d'Ornella, dont le souvenir te procura une vive émotion, à votre maison étrusque au nord de Rome, située dans une forêt, au sommet d'un éperon rocheux, que vous veniez à peine de commencer à remettre en état. Nom de Dieu, quel gâchis ! Le visage ruisselant d'embruns, les oreilles polies par le froid, ton vieux tatouage violacé de manticore, gueule de monstre émergeant de ta nuque, tu voulus arrêter d'y penser, Baldassare. L'air se chargeait d'une vague odeur d'alcool à brûler, l'eau adoptait une robe turquoise et l'écume de votre sillage se fendait d'un ourlet vert luciole, caractéristiques d'un fameux précipité que le consensus scientifique attribuait à un vibrionnant bouillon de micro-algues hyper-reproductives. Une joyeuse escorte de marsouins bondit dans les remous et tu te demandas par quel miracle ces cousins aquatiques de ta propre espèce pouvaient encore éprouver de la joie à barboter dans un tel liquide. Tu tâtas l'anneau d'or que tu portais à l'oreille gauche, puis lâchas un mégot dans l'une de ces boîtes de conserve qu'un matelot de troisième classe avait attachées çà-et-là aux garde-corps avec des segments de chambre à air. A quoi bon te refiler encore plus le cafard avec le rappel lancinant d'une désagrégation virtuose du monde ? Maintenant qu'il est tard, souviens-toi d'admirer la beauté, Baldassare, de rétablir aussi souvent qu'il le faut la mesure dans tes opinions. N'oublie jamais l'art de goûter ce qui subsiste de bon dans ta vie, car il va te falloir de la ressource pour affronter ce qui vient ! Tu t'essuyas le visage dans la doublure de ton caban et te dirigeas vers la dunette pour aller dîner.

Dans le réfectoire, les yeux étaient rieurs, l'humeur joviale. Un bol de nouilles fut lâché malencontreusement. Un matelot tomba de sa chaise. Tous riaient de peu de choses alors qu'il n'y avait pas de vin à table. Faute à l'air ambiant, peut-être, ou à la limule bouillie au curieux goût de mescal. Tu avais pour ta part l'esprit trop engourdi, trop plein de l'amertume de ton sort, pour partager cette effusion étrange, et ton bol de limule bouillie aux nouilles te donnait la nausée. L'ayant mauvaise de ne pouvoir te rassasier normalement, tu fis remarquer au type assis en face de toi, qui avait l'air indonésien ou philippin, qu'il aurait mieux valu ne pas dramatiser encore davantage le dîner en portant, comme il le faisait, un masque à gaz. Le menu en soi était déjà accablant, pas besoin de se complaire dans les détails d'une esthétique d'apocalypse. Il te répondit que les effluves alcooliques émanant des microalgues étaient fort nocifs, et du reste proscrits par sa religion. Tu acquiesças tout en lui lançant un regard sombre, sans rien ajouter, faute de science sur le sujet, et sortis de table pour remonter sur le pont. Te collèrent au train Yussuf et son foutu masque à gaz. Il te fit comprendre qu'il n'était pas l'un de tes subalternes, mais œuvrait ici pour le compte d'une société privée, basée à La Valette, ayant pour mission d'assurer la sécurité à bord de certains containers. Habitué à fermer les yeux, tu supposas qu'il valait mieux pour toi en ignorer le contenu.

Avant d'allumer une cigarette à l'abri d'un canot de sauvetage et sous une gigantesque vergue au grincement clair, métallique, tu demandas à Yussuf si l'air ne risquait pas de prendre feu et vous d'exploser avec, et il rit dans son masque. Il avait un curieux rire d'hyène, un peu fou, qui du coup te parut sympathique. Sa silhouette masquée d'insecte apocalyptique se découpait dans un ciel couvert d'une nappe nuageuse uniforme, continue, dorée par le soleil couchant qui, se diffractant dans l'humidité de l'air, formait un arc-en-ciel au large du méga complexe énergétique de Port-Cros, devant l'île de Porquerolles. Vous aperceviez au loin derrière l'arc la cheminée solaire géante et ses haubans colossaux. Autour, une plate-forme circulaire de dix kilomètres de diamètre, composée de dalles en déchets recyclés, flottait fixement, au milieu d'un champ d'éoliennes offshore d'un millier de turbines déployant une puissance de cinq mille mégawatts. Sur la plate-forme, une serre de trente mille hectares abritait les bassins de culture de micro-algues d'un des plus grands sites mondiaux de production de bioéthanol. Par effet Venturi, l'air chaud des serres s'engouffrait dans la cheminée, accélérait à mesure du rétrécissement du col et actionnait deux cents turbines d'une puissance totale de dix mille mégawatts.

–Ces saloperies de micro-algues étouffent absolument tout dans la mer sauf ces putains de limules ! se plaignit Yussuf derrière son masque.

–Tant qu'il y aura des anchois sur la Napolitaine...

Il s'accouda au garde-corps, regarda en bas les

éclats vert luciole, l'écume qui moutonnait, lumineuse, et repartit sans rien dire vers la dunette.

Les différents bâtiments du méga-complexe s'illuminaient peu à peu, mirifique montagne de lueurs réfléchie dans l'eau noire bigarrée de vertes phosphorescences. « Yussuf, pensas-tu : je suis un brin sarcastique, mais, au fond, je partage le même désarroi que tout le monde ».

Plus tard, couché dans ta cabine, tu entendis comme des pleurs, quelque part, qu'atténuait la compartimentation feutrée du navire. Les pleurs d'une femme, semblait-il. Tu sortis dans la coursive en pyjama. L'ambiance était calme, agréable, à part un léger roulis qui te maintenait dans un vague état nauséeux. Une porte de cabine était ouverte, des matelots jouaient au mah-jong assis sur les couchettes. Tu les saluas, ils t'étaient sympathiques. En regagnant ta cabine, tu entendis de nouveau les pleurs. Ils semblaient provenir de la cale et alors tu crus comprendre que cette femme était prisonnière de l'un des containers, et cela te terrifia. Tu ne parvins pas à dormir. Quand les pleurs cessèrent, il ne resta plus que le cliquetis malsain des bancs de limules qui heurtaient la coque de leurs carapaces antédiluviennes. Des limules par milliers. Tu te mis à paniquer dans ta solitude, respiras dans un sachet en papier, puis tâtonnas jusqu'au pilulier au fond de la poche de ton caban.

Escales à Casablanca, puis Santa Cruz des Canaries, le temps de gruter à quai quelques containers et d'en embarquer d'autres. A bord, il n'y avait plus de pleurs de femme. Mais tu étais persuadé de n'avoir pas rêvé et y repensais sans cesse. A Santa Cruz, dans un bistrot du port, tu en parlas avec Yussuf, qui avait abandonné son masque à gaz en mer d'Alboran. Visage affable et rassurant, communiquer avec lui s'avérait plus facile. Tout le monde avait entendu la femme. Il ne pouvait nier.

– Elle est quelque part par-là, j'y peux rien, Balda. Sûrement une pute, un cadeau envoyé de Palerme à un ami brésilien... J'en sais rien mais ne t'avise pas d'y fourrer ton nez.

Tu n'eus pas envie d'insister, ce n'était pas dans votre intérêt, à toi ni à lui et l'épaisse lassitude qui t'imprégnait étouffait en toi toute impulsion d'indignation et de courage.

Après trente-cinq jours de mer depuis le départ de Livourne, vous débarquâtes à Recife, au Brésil, douchés, en bras de chemise, Yussuf traînant une valise à roulettes. Tu déjeunas d'un poulpe grillé au piment, accompagné d'une mangue bien sucrée et d'une bière fraîche, ce qui, comparé à la terne gastronomie du bord, te procura une émotion vivifiante. Yussuf se régala de crevettes grillées et d'une énorme darne d'espadon. L'air autour de vous charriait une chaleur humide et salée, vous étiez attablés à l'ombre d'une halle en plein air, tous deux d'humeur joviale, soulagés, heureux d'être là. Vos chemins allaient se séparer. Les derniers containers avaient été débarqués et chargés sur des wagons. Tu remonterais sur le clipper, en route dès le lendemain pour Porto Rico, New York, retour vers Vigo puis Le Havre, tandis que Yussuf regagnerait Madrid puis La Valette, par avion. Tu commençais à l'apprécier, tant pis.

De retour à bord du Njörd VII, tes hommes, rassemblés sur le pont brûlant, écrasé de soleil, te présentèrent l'être inattendu qu'ils venaient de déloger d'un recoin crasseux de la cale. Assise au pied d'un mât, une vieille femme sale et émaciée, les cheveux longs, gris et crépus, le visage jaunâtre, leva vers toi de grands yeux fous. Elle avait les mains liées et deux matelots grecs la maintenaient sans effort. Son regard, tendu vers toi, te terrifia. Soudain, dans un italien parfait, elle ordonna : « Capitaine, laissez ici votre navire, vous devez m'accompagner là-bas dans les terres, car il s'y est joué par ma faute quelque chose d'abominable. »

Elle s'appelait Anne-Charlotte Bösegestaltung et durant toute la traversée s'était nourrie de farine volée dans un sac, dont elle avait, avec un peu d'eau de la salle des machines, confectionné des pains azymes montés à la chaleur des chaudières solaires. Elle prétendait s'être introduite à bord à l'intérieur d'une caisse, elle-même contenue dans un container. Recherchée par les polices d'Europe pour des meurtres qu'elle jurait ne pas avoir commis, dans l'impossibilité de voyager d'une façon orthodoxe, elle s'était fait enfermer dans une caisse au contenu fragile, destinée à être expédiée depuis Florence, par camion, puis par bateau à partir de Livourne vers le Brésil, et finalement jusqu'à un laboratoire du Paraguay où, affirmait-elle, elle avait une « mission à achever ». Seulement, au cours de ce long voyage, la faim, la soif et l'inconfort absolu l'avaient conduite à de bruyantes manifestations de chagrin. Ton officier en second voulut prévenir la police des frontières, mais tu ressentis avec force que ton rôle désormais ne se tiendrait plus sur ce navire, et tu annonças à la cantonade : « Je vais livrer moi-même cette vieille folle. » Tu ne revins jamais commander tes hommes.

A Recife, dans ta chambre d'hôtel, tu consultas la feuille de route sur ton pc, puisqu'elle t'avait dit, sur un ton d'autorité indiscutable : « Maintenant, emmenez-moi au Paraguay, Baldassare ». Puis tu t'endormis après avoir avalé un somnifère. Tôt le matin, tu pris un bain dans la piscine, tandis qu'une femme de ménage passait la serpillière dans le patio lumineux décoré d'azulejos et de plantes vertes. Anne-Charlotte, assise en peignoir blanc devant un hibiscus, les pieds dans des tongs, dévorait un copieux petit-déjeuner de goyaves, de demi-lunes de papayes, de biscuits de tapioca et de « pães de queijo ». De temps en temps, d'un mouvement vif, elle jetait sa main devant son visage. Une guêpe n'esquiva pas la gifle. Rassasiée, fumant une cigarette, elle avait meilleure mine. Au-delà de l'apparence de harpie à laquelle tous les soudards du bord s'étaient arrêtés, elle t'avait dès le début semblé, à toi, une âme de première importance. Cette intuition te rendait vraisemblable un récit qui, sinon, t'aurait simplement paru celui d'une poissarde échappée de l'asile. A la « rodoviária », vous embarquâtes dans un vieux modèle de car autonome, direction Salvador, Rio, Curitiba et enfin Foz do Iguaçu. Et pendant presque quatre mille kilomètres, tu écoutas Anne-Charlotte Bösegestaltung continuer son histoire.

2

Trente ans auparavant

Naissance sur déclenchement à 8h30 précises le 8 juillet 2025. Gamberetto 517 : le nom évoqua à certains un modèle d'arme à feu, à d'autres une marque de cigarettes. L'extraction fut effectuée dans le sous-sol des locaux de la société Maskot@, Pacific Heights, San Francisco, par Anne-Charlotte, épaulée par une sage-femme, une anesthésiste et un infirmier recrutés par Bertrand, le commanditaire, lui-même sous contrat officieux avec le Pentagone. 5,560 kg pour 53 cm. Furent notées à l'observation les caractéristiques suivantes : tronc exceptionnellement fort et allongé, membres supérieurs significativement longs et robustes en regard de la taille du sujet. Crâne proportionnellement petit. Gamberetto 517 était aussi doté de griffes déjà dures et tranchantes. Deux techniciens se chargèrent, non sans peine car la créature se montra très agitée, de les lui sectionner puis limer. Cet aspect provenait probablement d'un élément impondérable de la séquence d'ADN d'Ursus Maritimus (ours polaire), destinée à l'origine à la résistance au froid. Comme prévu, en revanche, ce même ajout séquentiel avait pourvu la créature d'une toison, certes pas blanche, comme l'intuition aurait pu le laisser prévoir, mais tout de même d'une implantation formidablement dense, qui, une fois débarrassée des viscosités placentaires, lavée et chauffée au sèche-cheveux, se révéla d'un blond vénitien soyeux tirant vers un roux des plus vifs au niveau du crâne, à l'endroit où, à propos de l'humain, quand il n'est pas question comme ici d'une surface corporelle intégralement garnie, il est d'usage d'identifier des « cheveux ». « Roux comme le renard et comme Judas ! » s'exclama avec émerveillement Bertrand, qui ne parlait pas de Gamberetto, ni de créature ou d'hybride, mais de « composite ». La maîtrise des séquences et de leurs effets phénotypiques dans la programmation du vivant restait encore une science imprécise, et si cet exploit d'ingénierie génétique n'avait eu pour base les techniques et méthodes les plus en pointe de la biologie moderne, Anne-Charlotte eût pu parler sans fausse modestie d'un savant bricolage mené sous une bonne étoile. Celle-ci malheureusement n'incluait pas sous son auréole tous les participants. Car, en effet, les efforts mobilisés pour sauver la parturiente se révélèrent sans succès. La dénommée Chelsea, barmaid d'Atlantic City qui s'était portée volontaire, décéda des suites d'une hémorragie générale de l'abdomen causée par les lacérations du composite. Sa famille hériterait de ses gains, non sans provoquer entre-temps un scandale qui allait bouleverser la suite du programme.

Par anticipation de l'arrivée du FBI, dont les agents débarquèrent à grands fracas chez Maskot@ à peine vingt-quatre heures après la naissance, le nouveau-né, à l'abri dans une couveuse blindée, fut transporté par camion vers Tijuana, au Mexique, où une avionnette décolla ensuite pour une destination tenue secrète.

3

Le corps de ferme de la vieille estancia, identifiée comme étant «La Zarzuela » sur un plan topographique du Chaco paraguayen datant de 1913, voisinait avec un hangar et une grange squelettique au toit effondré. Les fondations de la grange remontaient à l'époque des « réductions », ces communautés où, aux XVIIème et XVIIIème siècles, les missionnaires jésuites espagnols avaient rassemblés les indiens du Paraguay afin, à la fois, de les protéger des chasseurs d'esclaves brésiliens qu'étaient les « bandeirantes », et de les évangéliser suivant une méthode de développement particulière, mélange de vie paysanne à l'espagnole et d'expérimentation collectiviste. Le logement était une bâtisse blanche, au toit de chaume, avec au long de la façade une large avancée en galerie qui formait un porche. L'intérieur de la chaumière était spacieux bien que rudimentaire : hauts murs blancs où pendouillaient des ampoules nues, large cheminée dans le salon, tomettes au rez-de-chaussée, plancher brut et grinçant à l'étage et fenêtres agrémentées de moustiquaires où, comme il est répandu dans ces régions subtropicales, des barreaux remplaçaient les vitres. Récemment installé dans le vaste salon, un système d'air conditionné gouttait dehors, par son gros coffret vissé au pignon, dans une petite flaque d'eau qui s'était creusée dans la terre rouge.

Les premières semaines, en attendant l'arrivée de matériel pour le laboratoire, Anne-Charlotte et Bertrand, isolés tous les deux, firent quelques promenades sur les deux vieilles motos de marque Taiga qu'avait dû abandonner là l'ancien propriétaire. Ils découvrirent ainsi des environs monotones, plats et aux longues routes droites. Quelques palmiers dépassaient, çà et là, penchés, malingres, sous la pluie, dans des pâturages de buffles blancs aux bouses fumantes. Il y avait une zone forestière, au loin, et des marais où venait s'abreuver toute une faune. Le voisinage le plus proche était une modeste colonie mennonite installée à deux kilomètres, dont on apercevait quelquefois les charrettes chargées d'hommes en bretelles et de femmes en robes longues. La charrette était parfois remplacée par un camion-citerne de lait dernier cri, car bien qu'anachroniques dans le style, les mennonites ne semblaient pas dénués d'un certain sens des affaires.

Anne-Charlotte, n'ayant eu le temps de se constituer une garde-robe adéquate avant ce départ précipité, ne variait pas d'un vieux chino beige et d'une veste de sport peluchée, dont elle remontait les manches. Des cheveux longs et gras lui adhérant aux tempes, elle passait son temps à se flageller, à s'accuser de s'être laissée aveugler par une hybris criminelle. Bertrand, sous son porkpie humide, dans ses costumes vifs toujours impeccables, soupirait, la priait de se taire. Il lui rappelait la prouesse scientifique extraordinaire dont elle était l'auteur et la suppliait de « penser positif » tout en n'arrêtant pas lui-même de se lamenter de l'austérité du lieu, de la fraîcheur inattendue de l'hiver austral, de la pluie, de la boue, de ses chaussures à deux mille dollars que la vie au grand air avait salement rudoyées. La nuit, elle pleurait dans son oreiller. Même si elle ne les avait pas beaucoup côtoyés ces derniers mois à cause de l'ampleur de sa tâche, son mari Jérôme et les enfants, restés à San Francisco, lui manquaient. La journée, elle vaguait dans un brouillard de songeries et d'émotions. Soudain, elle se rejouait en mémoire la naissance de Gamberetto et la mort de la jeune Chelsea, et éclatait en sanglots. Plus tard, elle se trouvait indifférente, et ressentait une plénitude étrange, celle de l'accomplissement d'une performance inédite, d'un exploit sans pareil, bonheur limite ne durant qu'un instant. De son côté, Bertrand, inquiet surtout pour l'avenir de son affaire, était aussi préoccupé par des futilités qui, en s'accumulant, avaient conféré à son apparence d'ordinaire élégante, légère, élancée, une lourdeur crispée. Désorienté dans ce frustre décor, sans Internet, où le premier café se trouvait à cinquante kilomètres de piste bourbeuse, il passait ses instants de loisir à vider la réserve de Napa Valley, fredonnant – pour ne pas réveiller le monstrueux bébé – , abrité sous le porche, assis sur une chaise-câble et s'accompagnant d'un vieux synthétiseur Akai, des succès criards de Miley Cyrus et Taylor Swift dont il truffait les paroles de trouvailles obscènes, de références scatologiques à sa propre situation. Il ne trouvait pas le courage de se lever avant midi. S'occuper de Gamberetto, qu'ils avaient enfermé dans une chambre, en bas, dans sa couveuse blindée, les avaient plongés dans un état continuel d'abrutissement et de fatigue nerveuse qui n'arrangeait rien à l'inquiétude qu'ils éprouvaient dans ce sinistre lieu d'exil. Du reste, rien n'indiquait pour l'instant si les choses évolueraient pour eux dans un sens favorable.

Ni Bertrand, ni Anne-Charlotte, pourtant trois fois mère, ne maîtrisait tout à fait l'art de la manipulation délicate du nouveau-né, d'autant que certaines précautions à prendre, liées aux griffes et à la force exceptionnelle du nourrisson, par exemple lors d'un changement de couche, augmentaient la difficulté de l'opération. A plus forte raison quand celle-ci devait s'accomplir dans un état d'ébriété avancée. L'emmailloter cinq fois par jour et trois à six fois par nuit pour lui caler son biberon de lait dans une gueule déjà partiellement dentée n'était guère plus aisé. Et ces constatations provoquaient chez Anne-Charlotte une angoisse noire et croissante quant à la manière d'envisager la contention de la créature à mesure qu'elle gagnerait en taille et en force.

–Ça ne peut pas continuer comme ça ! hurla-t-elle

un matin, en larmes, alors que la toute jeune créature venait de lui lacérer la joue.

Heureusement, Bertrand parvint à recruter la perle rare, une jeune guarani, petite et râblée, appelée Irupé. Elle accepta contre un salaire plus que confortable, dans la région, de s'installer sur place afin de choyer l'incroyable bébé avec non seulement la fermeté, mais aussi toute l'attention et la tendresse dont, finalement, il eût été injuste de le priver.

Les conditions de vie s'améliorèrent grâce à Irupé. Le quotidien, bien que toujours rude, se fit moins douloureux. La situation, aux Etats-Unis, semblait à Anne-Charlotte s'être débloquée, car depuis l'appel important et longtemps attendu qu'il avait reçu sur son téléphone satellitaire, Bertrand se montrait jovial.

Un matin, on entendit le mugissement et l'humide galop des buffles blancs ; la cime de quelques palmiers se balança sous la pluie : un long hélicoptère kaki, rempli d'hommes en costume noir et d'autres en kaki armés et équipés de lunettes de soleil profilées, se posa dans le pré. Courbé dans le vent des pales, Jérôme apparut, accompagné de leurs trois garçons, tous sous imperméables. De son côté, Bertrand, trop heureux, trébucha dans sa course vers l'hélicoptère et se vautra dans la boue rouge. Dès le lendemain, une cohorte d'estafettes s'aligna dans la cour ; des plaques de tôle trouées et moussues furent jetées dans les flaques, un énorme hibou jaillit de dessous la charpente. Un maître d'œuvre de type allemand au casque rouge, calebasse et bombilla de tereré à la main, donnait ses instructions à des ouvriers guaranis dans la brume matinale. On allait transformer la ruine de la grange en laboratoire high-tech, afin d'assurer une destinée à la nouvelle espèce.

4

A l'entrée de la propriété, les peintres avaient ravalé en jaune d'œuf la vieille arche de béton et ajouté une pancarte festonnée arborant en caractères gothiques « Estancia de la Zarzuela». Jérôme ne décolérait pas : il avait tout d'abord renoncé à sa carrière d'économiste prestigieux en France pour accompagner son épouse et s'occuper des enfants à San Francisco. Et, alors que, dans un quotidien de tâcheron domestique, lui, énarque et polytechnicien, était parvenu par l'effort et l'esprit de méthode à atteindre une routine acceptable, il avait dû subitement la rejoindre dans un trou perdu d'Amérique du sud. Alors il ne décolérait pas. Pourquoi lui avait-elle caché l'existence de ce programme ? Pourquoi ne s'était-elle pas confiée à lui, son mari qui lui avait pourtant si souvent prouvé l'inconditionnalité de son amour et de son soutien ? Elle bafouilla comme un homme pris en faute, grommela des excuses.

Tempérant peu à peu son humeur, Jérôme admit finalement la comprendre, et accepter qu'au nom d'une certaine conception de l'évolution humaine et d'un grand sens du devoir, elle ait renoncé à brider les possibilités merveilleuses que lui offraient son propre génie. Mais qu'elle n'ait pas eu confiance en lui, qu'elle ait mené ainsi sa barque en estimant qu'il n'était pas capital de s'en ouvrir à lui, Jérôme le mari fidèle, le loyal, l'amant et l'ami, le blessait profondément.

Bien qu'il ait juré avoir pardonné à sa femme, il adopta une attitude distante et se fit peu loquace, mystérieux, délaissant en grande part la contribution paternelle qu'il avait assurée jusqu'alors, au profit de longues promenades, d'activités solitaires et oiseuses. Anne-Charlotte avait quant à elle repris un exercice important, consacré à l'organisation du nouveau laboratoire. Ne disposant plus des mêmes moyens qu'à San Francisco dans les locaux de Maskot@, elle dut prendre à sa charge les questions logistiques comme la fourniture de matériels divers, y compris de la matière première qu'étaient les tissus humains, les lots d'ovules, les enzymes et solutions hormonales, etc. Souvent en réunion en visio avec Bertrand, qui était de retour dans son bureau de San Francisco, elle ne s'octroyait de pause méridienne que pour préparer le déjeuner des fils, avant d'enchaîner sur son rôle de professeur des écoles, car Arthur devait commencer le programme de CM1 et Charlie débuter le CP, « à la maison ». Albert, qui venait d'avoir quatre ans et ne suivant guère de programme, tantôt jouait auprès de ses frères ou d'Irupé, tantôt accompagnait son père en promenade quelque part dans la cour ou non loin dans les prés. Le soir, Anne-Charlotte laissait souvent les garçons à Irupé, qui les faisait dîner, tandis qu'elle s'isolait dans son bureau pour se replonger dans l'étude. Puis elle s'imposait une heure de ménage et allait dîner à son tour, dans le salon ou sous le porche, face à Jérôme, qui entretenait, d'une parole évasive, le mystère de sa journée.

Un soir de début octobre, en regardant depuis le porche la cour sous la pluie tiède du crépuscule, il déclara sur un ton solennel :

– Bon, il ne me semble pas à démontrer que nous

avons une grande responsabilité, non seulement vis-à-vis de nos trois fils, mais désormais aussi envers Gambi (tel était l'affectueux diminutif que toute la famille avait adopté pour la créature). Alors, en tant qu'adulte, je vais m'efforcer, et j'espère que toi aussi, chérie, de faire évoluer cet agrandissement de la famille dans la plus totale bienveillance.

– C'est bien beau, tout ça, s'agaça Anne-Charlotte. Mais Gambi est une arme de guerre. En devenir, certes, mais c'est ce qu'il est. C'est à cette fin que je l'ai conçu. A cette fin qu'on a financé mes travaux. Et certaines personnes là-haut n'apprécieraient pas qu'on en fasse autre chose, crois-moi.

Jérôme acquiesça, gêné, et prit son temps pour réfléchir à sa réponse.

– Tu as sans doute raison, chérie. Mais j'ai du mal à intégrer cette idée de cohabiter avec une arme de guerre qui respire.

– Tu t'y habitueras, je te le garantis. Terminée, la crème aux œufs ?

– Ma foi, je ne crois pas être en mesure d'atteindre le peu qu'il reste dans le fond du pot. C'était succulent, chérie.

– Très bien, dit-elle en commençant à débarrasser la table. J'en referai.

5

Le lendemain de la mise au point d'Anne-Charlotte, Jérôme se promena une longue partie de la journée autour de la ferme suivi par une théorie de chiens errants, en fumant des havanes. Les jours suivants idem, et il bricola un peu comme il en avait pris l'habitude, égrainant aussi quelques arpèges sur le piano droit qu'Anne-Charlotte avait acheté récemment pour les garçons, abattant quelques volailles, allant faire une course à l'épicerie mennonite, qui se trouvait à l'entrée de la colonie voisine, histoire de ne pas être accusé d'avoir abandonné totalement l'intendance, tapant dans la balle, sinon, à la tombée du soir, dans l'idée de montrer à ses fils, comme il l'avait dit à Anne-Charlotte en se frappant le cœur, que leur père

« répondait présent ». Anne-Charlotte estimait au contraire qu'il avait baissé les bras, qu'il déprimait. Lui niait l'évidence et tournait l'affaire en dérision, usant d'une ironie déstabilisante. Son comportement suivait un schéma récurrent : il faisait amende honorable à l'heure du dîner, prenait de belles et franches résolutions, parlait à sa femme avec un air d'engagement, mais rien ne changeait le lendemain. Il restait oisif, affirmant avec insolence que tout allait pour le mieux. Il invoquait la bienveillance dans le climat familial, mais finalement n'entretenait plus que des interactions frugales. A l'encontre de ce que lui avait demandé Anne-Charlotte et de ce que lui-même avait affirmé admettre (à savoir que Gamberetto n'était pas leur enfant), il persistait à lancer de belles phrases habilement construites à propos de la famille et du nouveau-venu en son sein qu'était cette créature, qu'il fallait accueillir et choyer comme l'un des leurs, puis, conscient ou pas d'avoir énervé Anne-Charlotte, partait marcher ou s'asseoir pendant des heures. Anne-Charlotte commença à se demander si, plutôt qu'un comportement à attribuer à une baisse de moral, il ne fallait pas voir dans l'ambiguïté de Jérôme une stratégie de déstabilisation à l'œuvre, car au fond il restait opposé à l'objectif qu'elle s'était fixé.

Puis advint une contrariété. Au dîner, quelque chose semblait le tracasser davantage ce soir-là. Anne-Charlotte le supplia de parler.

– Il n'y a rien de pire que le silence, chéri.

–Tu as cent fois raison. Eh bien... Je vais te dire. Autrefois, commença-t-il, je n'entendais rien à l'harmonie domestique, à l'ordre et à la propreté, et vivre dans un taudis ne me gênait pas. Bien ordonné dans mon esprit, je n'accordais aucune importance au désordre des choses. Mais voilà, habitué à ton absence quand nous vivions à San Francisco, j'ai dû apprendre en autodidacte à tenir un logis abritant des enfants.

Or, depuis qu'ils étaient arrivés ici, à la Zarzuela, et qu'Anne-Charlotte avait entrepris de mener elle-même la bataille domestique sur tous les fronts (à vrai dire, lui rétorquerait-elle, puisque lui n'avait pas daigné s'en charger), il se rendait compte qu'il la trouvait sur ce plan-là « limitée ».

– Même si je ne peux pas nier qu'en te chargeant du linge, de la vaisselle, du sol, des meubles et de la salle d'eau, après une journée de travail et de prise en charge des enfants, tu montres quand même un indéniable entrain, il me semble que ta méthode n'est pas la bonne. Or, sans méthode, tu sais mieux que personne à quoi nous sommes voués…

Anne-Charlotte lui rit au nez et, pour ne pas gâcher en moment de discorde un temps libre très précieux, préféra monter se coucher.

Un autre soir, assis au piano dans le salon et fumant un havane, il l'observa du coin de l'œil, agenouillée sur sa serpillière, nonchalante, visiblement lasse ; alors, dissimulant son agacement, car il semblait à Jérôme que, sans oser le lui avouer, elle cherchait, par cette incompétence manifeste, à le conduire à réaliser le travail à sa place, il prit un ton condescendant pour lui dispenser quelques astuces. Qu'elle n'écouta pas.

Tant pis, le ton monta.

– J'en ai marre de toi, se plaignit-elle.

– Ta méthode de ménage n'est pas le fond du problème, lâcha-t-il soudain, le rouge aux joues, la voix grimpant dans les aigus.

– La vérité, ma chère, est que la situation me plonge dans une profonde bataille intérieure. Malgré mon immense désir de ranimer notre amour et de sauver notre famille, il m'est pour l'instant impossible de surmonter la consternation que j'éprouve vis-à-vis de ce que tu as commis. Et ce ne sont pas tant tes cachotteries, qui me blessent, finalement, que la voie maléfique qui s'est ouverte par ta faute pour l'humanité lorsque tu as réussi à mettre au monde cette... triste chose. Triste chose, oui, qu'il me pèse tant de nommer.

Elle se leva et lui jeta la serpillière humide, qu'il intercepta d'un geste avant qu'elle ne s'écrase, selon la trajectoire, probablement sur le couvercle du piano. Puis elle disparut dans la nuit, seulement munie d'une lampe-torche à manivelle.

On entendit bientôt de lointains aboiements, puis ce fut le retour du silence, à peine parasité par des crépitements d'insectes et des hululements non identifiés.

Il s'inquiéta de ne pas la voir revenir, puis songea qu'elle était une femme prudente.

Au beau milieu de la nuit, alors qu'il dormait seul dans la chambre parentale, il se réveilla au bruit de la bouilloire en bas dans la cuisine. « Tisane au fenouil », se dit-il, et aussitôt il se rendormit.

6

Irupé, alors qu'elle promenait le bébé Gamberetto dans son landau sur un chemin boueux, trouva un jour Jérôme, presque entièrement dissimulé sous une cape de pluie sombre. Il était assis sur un remblai à l'herbe mouillée et, les yeux rouges, un havane éteint au coin de la bouche, taillait à coups de canif une pointe de bois. Gamberetto dormait, à l'abri de la capote. Irupé s'accroupit devant Jérôme :

– Ça ne va pas tenir longtemps, votre manège, monsieur. Vous allez vous faire jeter. Reprenez-vous, faites des choses avec elle.

En sanglotant, il lui dit qu'elle avait raison. Il se pencha sur le landau et aperçut, à travers les ruissellements de la capote, les petits yeux brillants du monstre, qui souriait. Le soir-même, Jérôme présenta ses excuses à Anne-Charlotte et lui proposa de s'octroyer une virée en amoureux.

Quelques jours après, alors que le printemps offrait sa première belle éclaircie, ils s'éloignèrent vers le sud, à deux sur une moto, et reconnurent l'odeur particulière d'une immense exploitation de cannabis. A l'ombre d'un quebracho, dans une clairière quelque part au milieu des champs, ils s'enlacèrent sur une natte, parmi les éléments du pique-nique, au doux son d'une pièce de viole de Marin Marais que diffusait l'enceinte portative de Jérôme. Il serait excessif de prétendre que cette excursion apporta une solution suffisante au nœud d'incompréhensions et de griefs qui avait érodé leur relation, mais elle initia tout de même un changement, une rupture positive dans l'indéniable déclin de leur routine commune. Anne-Charlotte, d'une humeur plus sereine, se replongea aussitôt dans le travail. Le laboratoire recruta deux techniciennes venues d'Acunción, pour qui fut construit – et afin de loger dignement Irupé et d'accueillir d'autres employés éventuels à l'avenir – un immeuble de deux étages, doté d'un parking bitumé, d'une haie, d'une pelouse et d'une balançoire, à une cinquantaine de mètres de la chaumière.

– Je dois obtenir une femelle », annonça un soir

Anne-Charlotte, l'air embarrassé, comme Jérôme, tout en préparant des empanadas de maïs et de thon, se lamentait du fait qu'ils n'aient toujours pas renouvelé leur dernière virée tandis qu'arrivait le mois de décembre et que la campagne environnante, dans une atmosphère chaude et vibrante, s'était parée du jaune des tipuana tipus et du bleu-violet des jacarandas.

– Je comprends », dit-il, et elle savait que, si ce que Jérôme affirmait n'était probablement pas tout à fait conforme à ce qu’il ressentait en effet, qu'en fait il ne comprenait sans doute pas grand-chose et que sa désapprobation persistait, son attachement à elle, en revanche, sa volonté de surmonter pour elle ses propres préoccupations et les autres obstacles qui demeuraient entre eux, étaient bien réels.

7

L'évolution de Gamberetto se déroulait au mieux, avec dans tous les domaines une avance plus ou moins importante sur celle d'un être humain lambda. Il marcha cinq mois après sa naissance. A un mois d'existence au lieu de quatre en moyenne, il avait distingué les couleurs. A trois au lieu de sept, il avait su se maintenir en position assise et se saisir de jouets. A six mois au lieu de neuf, son comportement montra qu'il avait acquis un certain degré de conscience de la permanence des objets : il savait que tel cube, avec lequel il venait de jouer avant de se déplacer dans la maison, existait toujours, bel et bien, quelque part dans la maison, bien qu'il ne l'aperçût plus. A sept mois, il comprenait les ordres, appela Irupé «Mama» et sut prononcer le mot « chupete », vocable castillan désignant la tétine. Anne-Charlotte, bien qu'elle s'avouât étrangement froissée dans son orgueil de ce qu'il appelle Irupé sa mère, se résigna à laisser faire, afin de ne pas bousculer un certain équilibre. Elle s'impliqua cependant davantage lors des repas et des moments ludiques, afin qu'en plus de ce mélange local d'espagnol et de portugais que lui parlait Irupé, Gamberetto puisse se familiariser avec le français. Il sut prématurément boire tout seul dans un gobelet, assis sur une chaise. Monter un escalier à quatre pattes. Désigner une partie de son corps. Manier la cuillère. Tenir un crayon et dessiner. Manipuler un livre sans l'abîmer. A douze mois au lieu de dix-sept, il se mit à galoper tous azimuts, capable aussi de grimper un escalier debout et sans les mains. Ses gestes se coordonnèrent, il commença à dire « non », sans toutefois verser dans la révolte, et à associer deux mots de façon cohérente. Il sut descendre un escalier debout, sans les mains. Concevoir le vertige. Contrôler ses sphincters. Jouer avec plusieurs jouets à la fois et imiter Irupé maniant pelle et balayette. Ce rejeton chimérique, qui avait contre lui d'être frappé d'une vilenie grotesque, arborant dans la gueule et la truffe des reliefs ursins mêlés de réminiscences porcines et simiesques, de peau velue, plissée et monstrueusement rabougrie, apparaissait par ses moues, ses mimiques, finalement mignon. Mignon par-delà sa laideur. Du reste, outre sa précocité générale, il révélait en grandissant d'autres qualités remarquables, qui le distinguaient de la plupart des bébés mâles au caractère généralement épouvantable : il était d'un grand calme, câlin, souriant, et semblait même, par la façon dont il pouvait pencher la tête et se taire en posant sur son interlocuteur un regard doux, doué d'une empathie, d'un souci de l'autre jamais observé chez les êtres humains d'âge équivalent. Anne-Charlotte, qui avait souffert des caprices, des cris et de l'insoumission délirante de ses deux premiers fils, en moindre mesure chez Albert mais principalement parce qu'elle s'en était occupé de manière encore plus minime, trouva même que rayonnait de son jeune être une âme belle et profonde, dotée d'une bonté immanente. Ce qui poserait probablement de grandes difficultés à la fois éthiques et affectives quant à son assignation future. Irupé avait sans le vouloir fini par s'y attacher. Anne-Charlotte, affectivement préservée, ne serait-ce que par l'ampleur chronophage de sa tâche et de son engagement intellectuel, sentit tout de même monter en elle un sentiment avunculaire. Certes avec des inquiétudes pour l'avenir, elle acceptait qu'Irupé soit perçue en mère, et s'engagea elle-même auprès de l'admirable bébé, par souci de contrôle professionnel autant que par inclination sentimentale, à la manière d'une tante moyennement familière, affable et bienveillante en toute mesure. Jérôme, peu à peu, après les belles paroles, s'attendrit lui aussi devant la créature et tâcha de se comporter de manière adéquate, empathique et tendre. Bientôt Arthur, Charlie et Albert, car Gamberetto, virevoltant dans la maison, affirmait qu'on le veuille ou non sa présence, furent amenés eux aussi à exprimer une opinion excellente, et à éprouver devant l'étrange nouveau-venu un ravissement amusé. Ils prirent l'habitude de jouer à la balle dans la cour. Comme il était à la fois réjouissant et déchirant pour Anne-Charlotte de voir sa créature bondir si haut, s'accrocher aux branches des arbres, saisir la balle au vol entre ses dents et émettre gaiement, au milieu de ses fils, ce sifflement aigu et cristallin qui, même s'il n'en rejoignait pas exactement le genre de sonorité, possédait la beauté spontanée et touchante d'un rire d'enfant humain ! Fatalement, l'accélération croissante de ce processus de familiarisation déjà fort avancé la poussa, certes à contrecœur, à faire bâtir plus tôt que prévu une enceinte séparée pour le composite. A l'imitation des enclos à primates que l'on observe dans les parcs zoologiques, ce qui allait devenir bientôt le seul territoire autorisé de Gamberetto se limiterait à un pré arboré d'une surface d'un hectare, situé environ à trois cents mètres de la chaumière, cerné d'une douve en eau et équipé d'un cabanon rustique. L'enclave serait non seulement isolée par la rivière artificielle coulant dans la douve, mais par une haute muraille de béton, au sommet de laquelle serait aménagé un chemin de ronde bordé d'un garde-corps en verre blindé, accoudées auquel les personnes habilitées pourraient surveiller l'animal, communiquer avec lui, lui jeter nourriture ou bien, en cas de force majeure, réprimandes et fléchettes hypodermiques.

8

Un beau jour de septembre 2027, sur le chemin de l'épicerie mennonite, Jérôme recueillit une jeune femme blonde, malade et affamée, qui se prénommait Dörthe. Visiblement apeurée, affublée d'un cheveu sur la langue, elle baragouinait d'une voix haut perchée un mélange de castillan et de dialecte germanique, idiome qui tenait du galimatias pour Jérôme. Ce que ce dernier, toutefois, dans les méandres chaotiques du récit de Dörthe, crut tirer de certitude était que la jeune malheureuse avait été chassée de sa colonie pour n'avoir pas respecté le deuil de son défunt mari, trois jours après la mort duquel l'une de ses belles-sœur l'avait aperçue au bras d'un hérétique dans une salle de cinéma d'Acunción.

Avec l'accord d'Anne-Charlotte, Jérôme l'installa dans l'un des studios de l'immeuble et, en échange du gîte et du couvert, Dörthe accepta de travailler à la petite exploitation agricole que Jérôme, aidé par ses deux aînés, mettait patiemment en place. Il y avait un grand potager, un lopin de maïs et quelques pieds de haricots, des buffles dans les prés, une porcherie construite à partir de débris de l'ancienne grange, ainsi qu'une volaille hétéroclite qui rentrait la nuit s'abriter dans une vaste volière cernée de manguiers. Anne-Charlotte accueillit Dörthe à bras ouverts et la soigna. La jeune femme, au front diaphane, portait d'anachroniques lunettes à montures en acier. Elle était arrivée squelettique sous une ample et longue robe, ses longs cheveux blonds infestés de poux. Quand, quelques jours après, Dörthe avait repris des forces et enfilé une tenue plus moderne sous la forme d'un débardeur et d'un short, Anne-Charlotte sentit une inquiétude l'envahir.

– Mais enfin, chérie, lui dit Jérôme un soir sous le porche, c'est une gamine !

– Elle a quoi... vingt-cinq ans ! Eh, justement ! J'en ai quarante-sept et tu ne me regardes plus !

–J'en ai côtoyé des centaines, des mômes de son âge, quand j'étais professeur. Je n'ai jamais aimé que toi, ma Charlotte.

– Là ce n'est plus pareil... Plus pareil.

Jérôme se leva et l'enlaça.

– Allons, qu'est-ce que tu veux que nous fassions ? Nous ne pouvons tout de même pas mettre à la porte cette pauvre fille. C'est une simplette avec le cœur sur la main, tu n'as rien à craindre, je t'assure.

Après le dîner, Anne-Charlotte fondit sur lui dans une étreinte éperdue. Une fois les ébats terminés, Jérôme s'endormit avec sur le visage une expression de béatitude. Les pensées jalouses d'Anne-Charlotte, qui s'étaient épanouies à la faveur d'un certain état de fatigue, se dissipèrent le temps d'une réflexion nocturne. Certes, un conjoint possédait toujours sa part d'inconnu et d'imprévisible, cependant, l'expérience démontrait que Jérôme adoptait généralement avec les jeunes femmes une attitude austère et malhabile, qui l'éloignait de toute efficience séductrice. Même quand, semblait-il, il voulait paraître charmant, la condescendance naturelle qui était la sienne lui procurait un humour de pasteur aux saillies raides et trop enjouées, un ton de barbon prématuré qui l'empêchaient d'éveiller mieux qu'un sentiment de respect distancié. Bien sûr, la jeune femme pouvait l'assaillir, le forcer, et alors cet humble mortel n'aurait peut-être pas la volonté de résister.

Mais la probabilité d'un tel événement semblait négligeable à Anne-Charlotte. Tout le monde ici savait qui incarnait l'autorité, et ce n'était pas Jérôme. Et si la jeune et belle Dörthe, comme cela semblait acquis, comptait profiter de l'heureux tournant qu'avait pris son existence en arrivant à la Zarzuela, son instinct de survie allait lui intimer de se comporter de manière adéquate. D'autre part, il fallait qu'Anne-Charlotte se rende à l'évidence de l'aubaine qui se présentait devant elle. Trouver des mères porteuses volontaires n'était pas chose aisée, ici, dans ces terres isolées, pétries de religion, d'ignorance et de superstition. Bien sûr, on pouvait compter sur la misère pour vous fournir quelques candidatures désespérées, mais jusqu'alors, elle n'avait guère distingué de profil qui la convainque tout à fait. Le jour venu, elle irait piocher dans les candidatures et en trouverait bien une qui ferait l'affaire, mais ce serait sans véritable coup de cœur. Or, il allait falloir un examen médical approfondi pour le confirmer, mais, de prime abord il semblait bien que Dörthe possédât le potentiel recherché. Ces choses-là, Anne-Charlotte les sentait.

9

Un jour que Jérôme était parti en promenade avec les garçons, Anne-Charlotte alla ainsi trouver la jeune mennonite, qui binait la terre du potager :

– Si tu veux rester ici, dit-elle, sur un ton calme et caressant, tu vas devoir me rendre un petit service.

Dörthe, qui était une femme simple et sans appréhensions abstraites, accepta sans poser de question, docile et souriante. Elle ne comprit pas pourquoi Anne-Charlotte lui demandait de ne rien révéler à Jérôme, mais se plia à cette exigence.

Bientôt, au terme d'une longue et coûteuse séquence d'essais infructueux, Anne-Charlotte parvint à obtenir un embryon viable. Du temps passa et Dörthe apparut le ventre rond, et finalement préoccupée. Jérôme comprit alors quelle ignominie son inventive épouse avait commise, et explosa un matin d'une colère violente, soulignée par des gestes brusques et désarticulés.

– Non mais, tu t'attendais à quoi, pauvre type ! lui répondit-elle cruellement.

–J'étais à mille lieues de m'imaginer que tu en serais capable ! Tu me dégoûtes ! hurla-t-il en claquant la porte du laboratoire. D'un pas rapide et nerveux il fendit la basse-cour, qui voleta et laissa des plumes de part et d'autres. Révolté, il enfourcha une moto et quitta la ferme, avant de revenir quelques heures plus tard, reconnaissant avec une amère lucidité qu'il ne savait où aller. Il affirma du reste que cette promenade avait au moins eu pour bienfait de l'apaiser, et de l'inciter à adopter une posture plus diplomate.

– Je dois avouer que tu n'as fait que saisir une rare opportunité en choisissant Dörthe, reconnut-il, tête basse, mâchoires crispées.

En mai 2028, après cinq mois de gestation, vinrent au monde des jumelles possédant le même ensemble de modifications génétiques que Gamberetto. Grâce à de grandes précautions, Dörthe surmonta l'accouchement en faisant preuve d'une étonnante résistance tant physique que mentale. L'une des jumelles, néanmoins, dont on avait observé depuis quelques jours *in utero* l'état de santé fragile apparut déjà morte. La survivante, chimère dodue au pelage blond de quatre kilos, fut informellement baptisée Stella. Bertrand, qui n'était pas venu depuis presque trois ans, débarqua dans un costume crème en lin, coiffé d'un porkpie assorti, traînant d'un pas vigoureux, dans la boue tiède de fin d'automne, une valise d'où s'échappait le joyeux tintement des bouteilles de champagne.

10

Au moment où naquit ce deuxième composite, qui, même s'il faudrait au préalable confirmer la fertilité des deux hybrides ainsi que leur compatibilité génétique, laissait entrevoir la possibilité de pérennisation d'une nouvelle espèce, Gamberetto n'avait pas encore trois ans. Il vivait depuis deux mois, seul dans l'enclave qui lui était réservée, sans toutefois être exclu tout à fait de la vie familiale. Anne-Charlotte avait cédé à la pression sentimentale exercée par ses fils : tous désiraient jouer avec leur fantastique compagnon. Gamberetto lui-même, devenu un adorable camarade au pelage doux, aux griffes toujours soigneusement rétractées, un compagnon plein de fantaisie, calme et attentif aux autres, la première nuit, s'était lamenté dans sa solitude. S'étaient élevées depuis l'enclos de déchirantes plaintes semblables au « Léo ! Léo ! » du paon, lancées avec la mélancolie lugubre d'un hurlement de loup. Les raisons de l'éloigner cédant en partie face à l'émotion, il obtint donc le droit de circuler librement tout le jour, le sas de l'enclos restant ouvert, étant tenu en revanche de rentrer à la nuit tombée. Alors Jérôme, Anne-Charlotte ou Irupé se chargeaient de verrouiller le sas. Mais cette situation d'entre-deux, maintenue car au fond le premier composite s'était imposé comme un acteur indispensable du noyau familial et de la vie quotidienne, dut prendre fin le jour tragique où, animé d'une intention bienveillante, Gamberetto sortit bébé Stella, âgée d'à peine un mois, de son landau pour aller folâtrer dans l'enclos des porcs. Un cochon attaqua par surprise. Il saisit dans sa gueule Stella à la nuque et la secoua. Gamberetto fondit sur le cochon et aussitôt l'éventra de ses griffes, mais Stella se vidait déjà de son sang. Jérôme assista à la scène, pétrifié, alors qu'il étendait un drap au coin d'une fenêtre de la chambre parentale. Après un instant de torpeur, il hurla :

–Chérie, viens vite ! Il se passe quelque chose d'horrible ! D'horrible !

Dörthe, censée s'occuper de bébé Stella à ce moment, s'était quelques minutes avant le drame assoupie au fond d'un vieux fauteuil usé qui prenait la poussière au grand air, à l'ombre d'un des manguiers qui cernaient la grande volière. De son côté, Irupé s'était absentée afin de rejoindre Jérôme, qui avait sollicité son aide pour le tri du linge dans la maison.

Lors de l'inhumation, près du puits, Anne-Charlotte ne put s'empêcher de gifler la jeune Dörthe, qui, n'exprimant qu'une vague hébétude, soupirait d'un ennui ostensible. Anne-Charlotte fut convaincue alors de comprendre pourquoi cette jeune écervelée avait été expulsée de sa colonie. Irupé, qui avoua plus tard souffrir d'une dépression depuis déjà de nombreux mois, déclara qu'il était temps pour elle de passer à autre chose, de ne pas participer davantage à cette hérésie, sans quoi elle deviendrait « *totalmente loca* ». Elle jura de garder le secret de la Zarzuela, de ne jamais parler de Gamberetto et du projet le concernant. Bertrand aurait probablement affiché sa réticence s'il avait été informé d'une telle défection dans l'équipe, mais Anne-Charlotte, en plus de se sentir redevable envers elle pour la qualité du service qu'elle avait rendu, avait toute confiance en Irupé. Le matin de son départ pour Miami, où vivait l'une de ses sœurs, elle quitta l'enclos les yeux humides, la bouche tordue, et referma derrière elle, car Gamberetto la suivait, le visage ruisselant et poussant de déchirants « Léo ! »

– Hasta la vista, cosita mais linda ! s’était-elle empressée de déclarer, retenant ses larmes, dans ce portugnol qu’il comprenait si bien. Te quiero pa’ sempre !

Anne-Charlotte, mari et enfants quittèrent l’estancia pour tenter de se changer les idées loin de là, quelques jours dans les rues animées de Buenos Aires. Quant à Gamberetto, isolé dans son enclave, selon ce que racontèrent les quelques employés restés sur place, il ne cessa de gémir durant trois jours et autant de nuits.

11

De retour du séjour en Argentine, Anne-Charlotte entra dans l'enclos par le sas, suivie, contre son avis, par Jérôme et les enfants, encore tout excités de leur excursion. Par-delà le petit pont qui enjambait la douve, ils distinguèrent à travers une brume épaisse, qui enveloppait la clairière au premier plan, l'orée du bois aux feuilles jaunies, l'ombre mouvante des fougères. Tout était silencieux, puis, soudain, transperçant la brume, hirsute et galopant, apparut Gamberetto. La station debout étant son ordinaire, il pouvait naturellement courir debout, mais s'il fallait gagner en vitesse, comme ici, entraîné par l'allégresse, ses bras étant plus longs que ses jambes, il adoptait la posture du gorille, mains repliées, en appui sur la deuxième phalange des doigts. Ses yeux étaient mouillés de larmes et sa gueule plissée par un large sourire. Anne-Charlotte avait déjà noté que cette propension à sourire dans la joie était l'une des caractéristiques comportementales qui, le commun du règne animal dévoilant sa dentition pour des raisons moins cordiales, rapprochaient Gamberetto du genre humain. Le voyant arriver à une telle allure, elle eut peur. Ralentissant au dernier moment, il se jeta à ses jambes sans pouvoir pleinement freiner son enthousiasme de brute. Elle aurait basculé en arrière s'il ne l'avait, d'un même mouvement, retenue contre lui. En larmes, secoué par un rire, il baisa son chemisier au niveau de la poitrine. Elle resta un moment les bras pendus vers le sol, ne sachant comment réagir. Qu'éprouvait-elle exactement ? N'était-elle pas heureuse de le revoir après le drame qu'ils avaient vécu, la tristesse qu'ils avaient tous ressentie ? Heureuse, peut-être, effrayée aussi, par lui, par elle-même, par ce qu'elle avait commis et ce qui devrait advenir. Mais cette part de bonheur, devait-elle la lui communiquer ? N'était-ce pas dangereux, n'était-ce pas inconséquent et même égoïste de témoigner à cette bête une affection d'autant plus destructrice demain qu'elle serait vive et profonde aujourd'hui ? Une main irréfléchie d'Anne-Charlotte, cependant, se leva mollement et plongea dans l'ample crinière rouge cuivrée, qui était chaude et douce. Elle frôla le bord d'une petite oreille et fut ébranlée par l'émotion. Au même moment, Jérôme arriva sur le côté et lui arracha joyeusement le mètre trente et les trente-quatre kilos de la créature. Puis, en la serrant dans ses bras, la fit tourner comme un manège. Anne-Charlotte trouva honteux de surjouer ainsi le rôle du père aimant pour une géniture sans ascendance, vouée à un destin si cynique. Reposé au sol, Gamberetto, sautillant et poussant de vifs gloussements, embrassa ensuite chacun des garçons, visiblement aussi émus que lui, avec la même naïveté touchante, aveugle à toutes les horreurs contenues dans les ramifications futures de ce joyeux moment. Albert, le benjamin, lui tendit un paquet de *recuerdos* sous du papier kraft : un bocal de dulce de leche et un maillot albicéleste floqué du mythique numéro dix, que Gamberetto enfila, et, qu'après avoir visionné sur le téléphone d'Arthur un florilège de passes décisives et de buts du Pibe de oro, il ne voulut plus quitter.

Terni par les pluies de l'hiver, au fil des jours le maillot jaunit, se détendit, se macula de gras, de jus de baies des palmiers abricot, de sucs végétaux divers, se moucheta de boue et se couvrit, dans tout le dos, de bouloches, que Gamberetto prit l'habitude, quand il s'ennuyait, d'enlever en passant lentement une griffe, le long de chaque raie blanche, de chaque raie bleue, glissant sur le tissu comme le rasoir d'un barbier plein de patience.

12

Il fut temps de prendre ses distances d'avec la bête. Afin d'assister les enfants dans ce laborieux processus, Anne-Charlotte leur expliqua que Gamberetto, sans être devenu malintentionné, mais victime d'un traumatisme lié à la mort violente du bébé Stella, devait faire désormais l'objet d'une grande méfiance. Sa bestialité intrinsèque pouvait à l'occasion le déborder et le pousser à commettre des actes insensés, de même qu’un animal sauvage qu’on aurait cru avoir domestiqué, mais qui conservait dans son caractère l’indélébile altérité d’où pouvait surgir on ne savait quel imprévisible soubresaut. Elle acheta du reste un fox-terrier, vif et joueur, qu'on baptisa Gimlet. Son efficacité consolatrice se révéla remarquable. Rapidement, avec Gimlet, les garçons oublièrent leur ancien camarade, faisant preuve, même pour le plus âgé, Arthur, qui atteignait maintenant les treize ans, d'une capacité de détachement, qui bien qu'elle fût, dans le fond, navrante quant aux espoirs que l'on pouvait fonder sur la nature humaine, était en l'occurrence bienvenue. De loin en loin, certes, il arriva encore aux enfants, surtout Charlie, le cadet, après la classe à la maison de monter par l'escalier sur le chemin de ronde de l'enclos et, de là, de lâcher une ligne dans l'eau de la douve. Alors Gamberetto rappliquait en bas pour échanger quelques paroles. Souvent, tandis que le jeune humain attendait la prise, Gamberetto se grattait la toison, prenait le soleil allongé ou batifolait dans l'eau, indifférent aux mises en garde d'Anne-Charlotte concernant les piranhas. A l'occasion, même, d'un saut fulgurant depuis la rive, il fondait griffes devant et remontait quelque bête considérable, au ventre déchiré. Lui et le garçon, lors de leurs rares et brèves rencontres, ne manifestaient entre eux aucune gêne et continuaient de se parler comme si rien n'avait changé. Le garçon serait bien entré dans l'enclos pour jouer, mais simplement, sa mère le lui avait défendu, et ce commandement était admis comme incontestable.

– Tu as un chien ? cria un jour Gamberetto, assis sur la rive dans son maillot de football déchiré. Comment s'appelle-t-il ?

– Gimlet. Je n'ai pas le droit de te le montrer.

– Je l'ai entendu aboyer et j'aurais bien aimé le caresser.

– Peut-être un jour.

– D'accord.

Cette prise de distance des enfants, qu'avait accéléré l'acquisition du fox-terrier Gimlet, rassurait Anne-Charlotte, qui en revanche s'inquiétait de différents aspects du comportement de Jérôme. Tout d'abord, depuis la fenêtre de la chambre parentale, elle l'avait aperçu un matin, riant bruyamment en compagnie de la jeune Dörthe dans l'enclos de la porcherie, tous deux ayant l'air fort complice. Le soir dans la salle de bains, elle s'enduisant les jambes de crème hydratante, lui se rasant, Anne-Charlotte lui avait signalé la réapparition d'un soupçon le concernant. Lui, la bouche béante dans son enduit de mousse blanche, se contenta de répondre, catégorique :

– Chérie, nous en avons déjà parlé. Je peux admettre bien des reproches, mais ta jalousie n'a aucun fondement.

Non par une forme d'auto-persuasion butée, mais par l'analyse du subtil faisceau de faits et d'indices dont elle disposait, elle tenta sur le sujet d'arrêter un jugement. Faute d'éléments suffisants, son raisonnement aboutit à un non-lieu auquel elle consentit à se résigner. Mais l'image qu'en esprit elle ruminait, de cette jeune déficiente intellectuelle, poupée gracile au buste plaisant et aux cheveux dorés, qui, les bottes dans la boue, bêlait de contentement aux côtés d'un Jérôme hilare et complice, lui procurait un sentiment désagréable et triste.

Par ailleurs, Jérôme semblait s'être trop attaché à Gamberetto. Certes, il n'était pas question de le côtoyer à sa guise, mais Jérôme, qui s'avouait fasciné par l'intelligence de l'« enfant », obtint, car on avait souvent entendu le captif criailler la nuit, d'entrer dans l'enclos lui lire, le soir, de petites histoires réconfortantes. Ce fut une tolérance d'Anne-Charlotte, car son mari avait lourdement insisté en présence des garçons et elle n'avait pas voulu appuyer encore les traits de reine cruelle sous lesquels Jérôme avait tendance ces temps-ci à la dépeindre ouvertement. L'analphabétisme eût été préférable à ses yeux pour un être voué à une telle destinée, mais ainsi, par ces lectures du soir, Gamberetto apprit à goûter la compagnie d'un bon livre. Fatalement, aussi – son développement étant bien plus rapide que celui d'un être humain lambda, il sut lire et écrire avant l'âge de quatre ans. Cette progression émerveilla Jérôme, qui, en douce, soir après soir, apporta des tombereaux de volumes au prodigieux captif. Il commença même à lui enseigner les mathématiques, jusqu'au soir où Anne-Charlotte, dont les soupçons, à tort, l'avaient guidée à ce qu'elle croyait être la flagrance d'une étreinte cachée avec la belle idiote, se trouva à les observer depuis le chemin de ronde.

Tous les deux, dans la nuit, étaient éclairés par un feu près du cabanon. Gamberetto, allongé sur un rocher, avec Jérôme assis en tailleur près de lui, traçait à la lueur des flammes un cercle sur une feuille à l'aide d'un compas. Ce qui frappa le plus Anne-Charlotte dans cette contemplation hébétée d'une scène aux accents faustiens, fut la présence, non loin, déposés sur une nappe, du bicorne et de cette épée appelée « tangente », accessoires du Grand Uniforme de Jérôme.

– Non mais, me prendrais-tu pour le plus éminent des cornichons ? J'ai bien conscience que Gambi n'est pas mon fils ! se défendit plus tard Jérôme, debout en caleçon dans la chambre parentale. Je voulais juste lui présenter des objets ayant pour moi une valeur sentimentale ! Tous les enfants aiment les épées et les chapeaux !

–Arrête de dire « enfant », je t'en prie ! Ce butor n'est pas destiné à l'X ou à quelque grande école que ce soit ! Tu délires ! C'est un objet vivant, une arme en devenir ! répondit-elle, adossée en pyjama contre la tête de lit, lunettes sur le nez, une édition poche du roman *Clarissa* de Stefan Zweig entre les mains.

Elle désirait qu'il cesse, par son comportement ambigu et sa sensiblerie malhonnête, de la placer ainsi en porte-à-faux vis-à-vis de ses responsabilités professionnelles. Et elle ajouta :

– Un jour, il nous échappera de manière définitive, ne l'oublie pas.

– Comme tous les enfants, en somme, conclut-il, perfide, en se glissant sous le drap.

13

Malgré les avertissements de son épouse, Jérôme continua de procurer des livres à Gamberetto et de lui enseigner quelques humanités. Elle fit changer les deux serrures du sas, mais Jérôme, révolté, la menaça de la dénoncer publiquement.

– Cet idiot met en péril tout notre programme, se dit-elle rageusement, après avoir été contrainte à lui céder un double des nouvelles clefs.

Un instant, dans l'élan de la colère, elle envisagea de l'éliminer physiquement. Jérôme n'était qu'un asticot face à des enjeux immenses et Bertrand, s'il était amené à apprendre son comportement, le considérerait comme un saboteur, un ennemi d'état, et n'hésiterait pas à mettre en œuvre les pires scénarios pour le neutraliser. Elle pensa au drone « Flying Ginsu » américain qui avait réduit en charpie le chef d'Al-Qaïda sur son balcon de Kaboul en 2022, et ricana toute seule devant son café dans la cuisine. Non, elle ne dirait rien à Bertrand, car elle continuait d'aimer son insoumis de mari, qui, du reste, apportait un peu de compassion et d'esprit à un projet qui, elle commençait à l'admettre, tirait l'humanité dans des eaux troubles sans souffrir le moindre questionnement.

En mars 2029, à peine un an après la naissance de la défunte Stella, une technicienne, qui venait de constater au microscope la bonne multiplication cellulaire d'un embryon, accourut dans le bureau d'Anne-Charlotte pour lui annoncer la nouvelle :

–Il semble que le blastocyste 3117 soit viable, Mme Bösegestaltung.

Et, au moment où elle approchait de la paillasse, Anne-Charlotte fut prise d'une violente quinte de toux. Quelques gouttes du gobelet de café qu'elle tenait dans une main atterrirent dans la boîte de Petri, anéantissant aussitôt la vie qui s'y était amorcée.

Sur le moment, Anne-Charlotte se lamenta de sa propre maladresse, mais, après coup, trouva étrange la survenue de cette toux violente. Il lui fallait admettre n'avoir jamais adhéré totalement au projet de Bertrand. Elle avait accepté de s'y engager avant tout parce que Bertrand lui offrait les conditions et les moyens pour parvenir au but qu'elle s'était fixé, c'est-à-dire produire un hybride d'humain augmenté de caractères animaux. Mais l'aspect guerrier, l'idée de concevoir un être utilitaire destiné à la guerre et, en contexte de paix, à une forme d'esclavagisme inédite, l'avait toujours rebutée. La créature dont elle rêvait était au contraire une manière de prolonger l'humanité, dans les hostilités futures, à travers une nouvelle espèce portant en elle la plus belle flamme de l'antique genre humain mêlée à la quintessence du monde animal. Peu à peu, cependant, il lui était apparu que le projet de ses rêves menait à la catastrophe. Depuis la préhistoire, l'homme n'avait cessé d'exterminer ses concurrents les grands prédateurs. Une telle nouvelle espèce se retrouverait forcément en conflit avec l'homme, et l'avenir ne se dessinait plus qu'à travers la violence et la destruction jusqu'à ce qu'un des deux belligérants ne disparaisse. Or, avec le temps, Anne-Charlotte avait développé de la compassion et même une certaine tendresse pour son prochain. Etait-ce l'âge, ou d'avoir eu des enfants, et d'avoir pris conscience qu'il existait en elle un regret, une mélancolie, de ne pas avoir été plus présente auprès de ces derniers, quand, d'un autre côté, elle éprouvait des sentiments troubles et bizarrement maternels vis-à-vis de l'admirable monstruosité qu'elle avait mis au monde ? Etait-ce la gratitude qu'elle avait éprouvé en découvrant au fil des jours le courage et la vertu d'une femme comme Irupé ? Quoi qu'il en soit, il lui apparaissait qu'elle avait perdu l'envie de produire une deuxième créature. Mais elle ignorait comment se résoudre aux conséquences d'un tel constat.

Début 2030, après une longue série d'échecs qui ne devaient rien au hasard, Anne-Charlotte reçut une mise en garde. Bertrand, en visio, l'aborda avec une agressivité inhabituelle. Il lui demanda si elle dormait bien la nuit, confia douter de la réalité de son travail. Pouvait-elle lui détailler étape par étape l'une de ses journées au laboratoire ? Elle le rembarra.

– Tu n'as qu'à venir constater sur place, lança-t-elle avec un rire moqueur, je sais que tu apprécies la région.

Insistant, il prétendit hésiter entre deux hypothèses la concernant : soit Anne-Charlotte ne désirait pas véritablement produire une femelle pour Gamberetto, soit les deux seuls succès obtenus, Gamberetto et Stella, n'étaient qu'une œuvre de la chance. Les deux pouvaient être vrais. Il lui annonça sur un ton sec qu'elle devait rapidement « produire du résultat », sans quoi il fallait craindre l'annulation pure et simple du projet.

– Ce serait tout de même dommage, ne trouves-tu pas ? dit-il sur un ton sadique qu'elle ne lui connaissait pas. Cet être au caractère d'ordinaire jovial, expansif, et au professionnalisme certes froid, mais qu'elle trouvait rassurant dans son efficacité impartiale, était aujourd'hui lui-même manifestement mis en demeure par son obscur et surpuissant commanditaire. Et c'est dans ce contexte qu'Anne-Charlotte sentit qu'une menace diffuse, incertaine mais suggérée, planait désormais sur elle et ses proches. Bertrand la convoqua à une réunion à São Paulo, où elle devrait rendre un compte précis des progrès accomplis devant des émissaires scientifiques du ministère de la Défense américain. Aussi, elle dut quitter l'estancia.

Le matin du départ, au volant de son pick-up Dodge Ram de société direction l'aéroport d'Acunción, l'estomac noué, elle s'aperçut qu'elle avait oublié son indispensable clef USB et rebroussa chemin. Il était encore tôt dans la matinée et, dans la cour où bruissait la volaille, résonnait depuis le porche de la maison une inhabituelle cacophonie de notes de piano dissonantes, de cris, de vibrations et d'éclats de rire. Dans le salon, la scène la plongea dans une horrible torpeur : les trois garçons, en pyjama, dansaient, sautaient en s'esclaffant, en piaillant, tandis que leur père, assis torse nu sur la banquette et fumant un havane, la jeune Dörthe légèrement vêtue lovée sur ses genoux, les regardait d'un air tendre. Placé entre ces deux groupes – image peut-être plus choquante encore – Gamberetto, de dos, debout au piano, tambourinait grossièrement sur les touches et gesticulait comme un pantin endiablé. Puis, singeant un geste de grâce, il esquissa une grossière parodie d'arpège accueillie par des acclamations hilares. Anne-Charlotte resta coite, croisa le regard terrifié de Jérôme. A l'instant où elle allait mettre un pied devant l'autre, elle perdit connaissance.

– J'ai appelé Bertrand pour lui signaler ton accident, dit Jérôme en lui caressant le front quand elle rouvrit les yeux, allongée sur la banquette. Les trois garçons étaient également présents, assis sur des fauteuils. Le visage fermé, ils semblaient inquiets pour des raisons qui n'étaient peut-être pas liées à l'amour maternel. Dörthe et Gamberetto étaient partis.

– Ne me touche pas, murmura mollement Anne-Charlotte, sans force.

Deux heures après, elle se trouvait dans la cour, ragaillardie, bras croisés, devant Jérôme, qui venait d'enfourcher sa moto. Dörthe attendait, au loin, adossée à l'arche de béton jaune d'œuf, en tongs et mini-short.

– Puisque c'est ce que tu veux... dit-il, l'air grave, casque rouge sur la tête, sac sur le dos, puis il démarra au kick la moto, qui resta immobile.

Anne-Charlotte hocha la tête, retint des larmes, se moucha. Après son réveil, une technicienne ayant entendu des hurlements depuis la cour était venue chercher les enfants dans le salon. Jérôme, mains dans les poches, tête baissée, avait fini par avouer avoir rencontré Dörthe à l'épicerie mennonite, où elle était à l'époque vendeuse. Leur relation naissante avait été la cause de son exclusion, ou du moins l'ultime déclencheur, car auprès d'hommes de la colonie, Dörthe avait déjà, par le passé, apporté les preuves d'une concupiscence bientôt perçue comme effrénée. Une cousine en longue robe avait surpris les tourtereaux dans l'arrière-boutique et était allée parler au chef de famille, un grand maigre au regard glaçant toujours vêtu d'une salopette, qui dépeçait les lapins comme personne. Jérôme avait aussi juré à Anne-Charlotte que sa liaison avec Dörthe, bien que durablement installée – environ trois ans, tout de même ! estimait-il, l'index devant le nez et fronçant les sourcils – n'était qu'une « distraction certes un peu addictive » dont il pourrait se passer moyennant un petit effort. Il y était prêt, car il aimait Anne-Charlotte plus que tout, ne voulait pas perdre les enfants, déchirer sa famille, etc. Une unique larme avait dévalé son long visage crispé. Il avait supplié sa femme de réfléchir, de lui offrir une seconde chance.

– Tu communiqueras ta nouvelle adresse à mon avocat ! avait-elle rétorqué.

Tandis que le moteur tournait toujours et que le gaz d'échappement venait l'envelopper d'un odorant nuage bleu au niveau des jambes, Jérôme ajouta :

– Nous ne nous reverrons pas, chère Charlotte, alors je t'en conjure ici une dernière fois... De par son intelligence et sa vertu, Gambi est un être exceptionnel. J'ai eu la chance d'être brièvement son professeur et je le sais : lui qui a l'étoffe d'un homme d'élite ne doit pas devenir une vulgaire machine à tuer. Pense à toi-même, au destin gâché qui aurait été le tien, si, toute petite, ton esprit magnifique s'était vu refuser l'accès au savoir. Ne sacrifie pas ton propre enfant – car oui, si tu n'es pas biologiquement sa mère, ontologiquement tu es la mère qui l'a conçu et mis au monde. Je disais donc : ne sacrifie pas ton propre fils au nom d'un prétendu progrès qui, en fait, n'en finit pas de corrompre l'humanité !

Anne-Charlotte, s'affichant indifférente à son laïus, lui fit de la tête signe de dégager. Alors il s'éloigna dans une pétarade fumante et poussiéreuse. Près du porche en béton jaune d'œuf, il mit pied à terre. Dörthe monta sur le tansad et chaussa un casque vert émeraude. Les longs cheveux de Dörthe flottèrent au vent, et, peu à peu, par-delà les éparses silhouettes de palmiers malingres, le nuage de poussière à leur suite devenant minuscule, la pétarade s'amenuisa dans l'immensité poudreuse et plane, la mer brun-rosé des champs de sorgho, le bleu voilé des cultures de cannabis. Là où, au loin, dans cette vaste planéité, s'élevaient sous de sombres colonnes de cumulonimbus quelques faibles collines.

14

Plongée les premiers jours dans d'amères suffocations de chagrin et de colère, Anne-Charlotte retrouva bientôt un état d'esprit combatif. Il lui sembla moins difficile que prévu d'être débarrassée de Jérôme. Même si plus de trente ans de vie commune ne s'effaçaient pas d'un trait, il était devenu ces derniers temps le vecteur quotidien d'une multitude de désagréments. Parallèlement, Bertrand, qui avait commencé à la harceler de mails, de rendez-vous en visio qu'elle n'honorait pas, multipliait les tentatives d'intimidation. A contrecœur, elle se résolut à réaliser une expérience dont elle repoussait depuis longtemps l'échéance, car elle lui coûtait moralement, mais n'en restait pas moins une indispensable preuve d'activité à transmettre à Bertrand : tester, par l'ablation d'un membre, l'éventuelle capacité de régénération du composite. Un matin, elle se dégagea un créneau dans l'ordre du jour de ses obligations maternelles afin de lui amputer l'avant-bras gauche, avant de retourner auprès de ses trois fils. Les résultats viendraient plus tard.

Depuis le départ de Jérôme, la maisonnée baignait dans un chaos de cris, de larmes, mais aussi d'étreintes consolatrices. Chacun passait un temps considérable en prostrations, recroquevillements çà et là sur les diverses surfaces moelleuses qu'offrait cette cahute coupée du monde. L'aîné, Arthur, qui avait quatorze ans, s'était muré dans un silence hostile après que sa mère l'ait maladroitement accusé de trahison quant à la liaison alors clandestine de son père.

– Tu le savais, crapule !

Charlie, le cadet, avait pris le parti d'Anne-Charlotte contre son frère, ce qui entraîna dans la cour de violentes bagarres. Quant à Albert, peut-être le plus perturbé et d'une attitude des plus racornies, il prit l'habitude de partager le lit de sa mère et de réclamer des biberons. Anne-Charlotte appela à l'aide Irupé, mais celle-ci, réfugiée chez sa sœur à Miami et en attente d'une régularisation de sa situation sur le sol américain, avait décidé que sa vie à la Zarzuela appartenait définitivement au passé. Elle était reconnaissante à Anne-Charlotte de l'avoir aidée, par un salaire important, à l’arracher au déterminisme de sa condition d’origine, tout en admettant toutefois l'aspect traumatisant pour elle d'une telle expérience professionnelle. Anne-Charlotte voulut connaître son avis sur Gamberetto, ce à quoi Irupé lui répondit par un propos similaire à celui de Jérôme, à savoir qu'assigner un être si vertueux à un destin si lamentable lui paraissait d’une grande inhumanité. Anne-Charlotte, même si elle n'aimait toujours pas l'entendre, partageait au fond la même opinion. Peu à peu, elle laissa prospérer en son esprit des arguments qui étayaient son désir d’émancipation et tempéraient son sentiment d'échec. L'essentiel, en effet, pour une scientifique de son envergure, n'était-il pas d'avoir réalisé son ambition première de créer un hybride ex-nihilo d'homme et de bestiaire ? C'est ce seul fait, cette étape charnière, que retiendrait l'histoire. La suite du projet n'était que continuité technique, œuvre d'imitation et de répétition dépourvue d'innovation fondamentale. Le tournant historique, c'était elle qui l’avait franchi. Aussi, estimant qu’une femme comme elle ne pouvait continuer de vivre ainsi dans la peur et la dissimulation, elle finit par avouer en visio l’étendue de sa remise en question personnelle à Bertrand, qui, d'une voix suave, tirant sur sa cigarette électronique, lui répondit tout d’abord qu'il la comprenait. Lui aussi doutait. En tant qu'humain aux idées progressistes, il se sentait intimement déchiré par des idées contraires. Et cependant, il l'appela à se montrer responsable.

– Nous ne pouvons pas reculer, Anne-Charlotte ! Il faut rester professionnels !

– Comment s'en contenter, Bertrand ? Tu ne crois pas que justement, il est encore temps pour nous de tout arrêter ? Et que c'est même l'unique décision que nous dicte l'esprit de responsabilité ?

– Remets-toi au travail et donne-nous une femelle, ordonna-t-il d'une voix lugubre en expirant un épais nuage de vapeur, sinon je te jure que je me ferai un point d'honneur de démolir ta carrière. Et même davantage s’il le faut…

– C’est une menace…

Le visage de Bertrand s'évanouit dans l'écran. Anne-Charlotte, de rage, s'empara de son ordinateur portable et l'envoya se fracasser contre un mur. L'un des cadres, celui d'une photo d'une famille de capybaras batifolant au soleil au milieu de jacinthes d'eau, qu'elle avait saisie sur le vif lors d'une excursion en péniche dans les canaux du delta du Paraná, à Buenos Aires, se brisa au sol. D'un pas furibond, elle traversa le laboratoire et, sans s'embarrasser d'explications, ordonna aux deux techniciennes en poste de prendre congé de la Zarzuela au plus vite. Etant donné la nature de l'activité dans le laboratoire, le personnel de la Zarzuela était systématiquement informé dès sa prise de poste de la possibilité qu'une telle évacuation d'urgence se produise. Aussi les deux employées s'en allèrent sans demander leur reste. Anne-Charlotte se dirigea ensuite vers l'enclos de Gamberetto. Elle gravit l'escalier qui montait au chemin de ronde et, accoudée au garde-corps, l'appela.

– Gambi, montre-toi, vite !

Au bout de quelques secondes, elle le vit sortir de sa cabane en étirant les bras. Il avait encore grandi. A quatre ans et huit mois, il devait mesurer un bon mètre soixante. Mais, plus frappant, son avant-bras gauche, encore glabre et rose à ce stade, avait repoussé moins de deux mois après l'ablation. A quel point et dans quelle mesure Gamberetto pouvait-il donc se reconstituer ? Pouvait-il, tel l'axolotl, dont il possédait des gènes, régénérer ses pattes, ses mâchoires, ses branchies et sa queue, renouveler d'autres parties de son corps qu'un avant-bras gauche ? Probablement, mais la rigueur scientifique, ne pouvant se contenter de suppositions, aurait exigé d'en apporter la preuve au terme d'innombrables amputations. Ce qui, pour Anne-Charlotte, était désormais exclu. Se rendant compte, le cœur serré, qu'elle n'aurait jamais de réponse à ces questions, elle agita le trousseau de clefs au-dessus de sa tête.

– C'est un grand jour, Gambi, car tu es libre ! déclara-t-elle d'une voix où se mêlaient sombrement la colère et le rire.

Elle jeta les clefs, qui, dans une trajectoire molle, atterrirent en bas dans l'herbe de la rive. Il marcha en direction de la douve et, alors qu'il se rapprochait, elle lut l'inquiétude sur son visage.

– Comment ça, libre ? s'écria-t-il, usant de ses grandes mains velues comme d'un porte-voix.

– Nous arrêtons tout ! Je renonce ! La terre n'a pas besoin d'une nouvelle espèce de ce genre !

Il ramassa les clefs sur la rive et se releva, hébété.

– Mais, chère mère, cela signifie-t-il que vous ne

me donnerez pas de femelle ?

Elle perçut l'émotion sur son visage et, trop mal à l'aise, trop honteuse, ne voulut pas lui répondre.

Alors qu'elle descendait l'escalier, honteuse, gênée pour lui, elle l'entendit crier, avec dans la voix un sanglot où pointait la colère :

– Mais... Avant de prendre une telle décision, n'avez-vous pas envisagé, chère mère, de solliciter mon avis ?

Elle continua son chemin vers le laboratoire, aspergea meubles et sol d’éthanol puis lâcha une allumette. Tandis que l'incendie prospérait, elle se rendit dans la maison pour préparer ce départ à la hâte. De gestes expéditifs, ramassant tel vêtement abandonné sur le sol d'une chambre, tel jouet indispensable ou photo qu'elle affectionnait, elle remplit quatre valises, tandis que les trois garçons l'attendaient dans le Dodge.

Alors qu'elle traînait la dernière valise depuis l'escalier vers le porche, elle sursauta en apercevant Gamberetto, dans l'embrasure de la porte.

–Vous semblez pressée, mais je tenais absolument à vous parler, dit-il d'une voix faible et tremblante.

Elle resta arrêtée, la valise en main, jetant de rapides regards autour d'elle pour trouver quel objet pourrait éventuellement lui servir à se défendre. Au plus proche, elle ne voyait que ce tisonnier suspendu près de la cheminée, ou alors ce buste en albâtre de Rachmaninov posé sur le piano. Les couteaux de la cuisine restaient une autre option, dans le cas où Gamberetto viendrait à la pourchasser dans la maison.

– Vous semblez paniquée, chère mère, dit-il avec un air perfide.

Sans rien répondre, elle le dévisagea d'un coup d'œil plein de défiance. En cette période d'automne austral, la toison du composite était particulièrement abondante, et d'un blond vénitien qui selon les endroits tirait vers le brun ou le vert en fonction du type de saleté qui s'y imprégnait. Des algues et une sorte de lichen lui avaient poussé sur le poil des épaules et du dos des pieds. Sa crinière était d'un roux âpre, où il semblait impossible de ne pas apercevoir, même d'un regard évasif, un grouillement prospère d'insectes et d'arachnides divers. Ce panache crasseux de poils roux encadrait un visage sombre et ridé, entre le singe, le porc et l'humain septuagénaire. Avec une émotion étrange, elle nota, dans ses yeux brun-vert et la base du museau, une fragile ressemblance avec le coursier californien très assidu dont elle avait exploité l'ADN à San Francisco pour obtenir l'embryon chimérique. La silhouette râblée, les membres épais et musculeux, semblables à ceux d'un gorille, Gamberetto affichait une originalité nouvelle, que, malgré les dernières auscultations, elle n'avait guère remarquée auparavant : son glabre poitrail, autrefois plutôt brun clair, s'était nappé d'une pellicule aux reflets irisés, évoquant l'intérieur d'une coquille d'ormeau. Elle repensa fugacement à ce jour où elle avait aperçu Gamberetto dévorer le contenu d'un seau de craies d'écolier dans la partie du salon dédiée à la classe des garçons, or l'extrême dureté de la coquille de l'ormeau était due à l'imbrication naturelle de micro-tuiles calcaires. Elle songea qu'elle n'avait pas intégré à l'ADN du coursier de séquence issue de l'ormeau, mais supposa qu'un tel phénotype était probablement un résultat du hasard des combinaisons nucléotidiques.

– Laisse passer maman, dit-elle, sur un ton d'autorité. Il s'écarta et, d'un geste poli de la main, lui indiqua qu'elle pouvait aller à sa guise. Elle avança, tirant sa valise sur le sol en tomettes, le cœur battant, passa la porte, sortit de dessous le porche et vit, garée devant, le Dodge avec ses trois fils qui l'attendaient : Albert sur la banquette avant, les deux plus âgés dans la benne, avec entre eux le chien Gimlet. Lorsqu'elle sentit que Gamberetto la suivait dans la cour, elle se mit à courir, jeta la valise dans la benne et démarra le pick-up. Mais Gamberetto, d'un bond, sauta dans la benne. Anne-Charlotte songea alors qu'elle n'avait pas d'arme, se blâma intérieurement de n'avoir pas même envisagé de posséder, dans cette campagne reculée d'un pays rustique et violent, ne serait-ce qu'un simple Opinel toujours plié dans la poche. Elle freina brusquement, entendit les cris des deux garçons dans la benne. Gamberetto venait de les piétiner pour grimper sur le toit de la cabine. A partir de cet instant et jusqu'au coup fatal, tout fut précipité. Agrippé au toit de la voiture qui accélérait violemment, Gamberetto passa un bras côté passager. D'un fulgurant coup de griffes, il égorgea le jeune Albert. Ils n'avaient pas encore dépassé l'arche de béton jaune d’œuf. Anne-Charlotte arrêta le pick-up, détacha la ceinture de son fils. Le sang bouillonnait, cascadait depuis son cou comme l'eau sombre d'un égout en crue. Elle comprit qu'Albert ne serait pas sauvé, qu'en un instant la vie venait de lui être arrachée. Elle était couchée sur le côté, serrant contre elle son enfant sanglant, quand elle entendit, au loin, Gamberetto, qui, d'une voix ridicule poussée à son plus fort volume, grasseya :

– Je le dois à mon espèce, chère mère ! Vous m'avez certes créé, ce qui ne m'oblige nullement. Car en effet, quel enfant est redevable envers ses parents d'exister à cause d'eux dans ce monde ? En revanche, rien ne vous autorise à m'ôter le droit d'avoir une compagne !

Voyant trouble à travers les larmes, Anne-Charlotte redémarra rageusement le pick-up et versa hors de l'allée pour pourchasser Gamberetto au milieu des prés. Elle était en cet instant–déterminée à le tuer, à détruire sa créature si précieuse. Mais cette dernière, d'une extraordinaire vélocité, la déroutait par ses bonds, ses voltes, ses accélérations subites. Elle dut d'un brusque coup de volant éviter un buffle désorienté. Le pick-up fit une embardée et buta à l'avant sur un rocher. Anne-Charlotte descendit, le radiateur se vidait.

A une cinquantaine de mètres, Gamberetto était accroupi et semblait reprendre son souffle. Elle remarqua qu'il retenait le chien Gimlet dans ses bras. Il se releva et, tenant fermement le chien qui se débattait, ajouta :

– Je tuerai les autres ! Je tuerai toute votre famille si vous ne faites pas tout ce qui est en votre pouvoir pour me procurer une femelle ! Je vous le jure !

Puis il reprit sa course, Gimlet dans les bras, et

disparut–vers le nord, où se trouvait la seule petite forêt ayant subsisté dans les parages.

A l'arrière dans la benne, Arthur et Charlie gémissaient, et Anne-Charlotte les rejoignit pour les étreindre. Entre temps, une charrette s'était approchée. Des hommes mennonites, qui avaient repéré de loin la fumée de l'incendie, apportaient une citerne. Ils s’avisèrent qu'un enfant était mort.

15

Ils furent accueillis quelques jours dans la colonie, et le petit Albert fut enterré sobrement dans la cour de la Zarzuela. Anne-Charlotte, vidée de ses forces, les laissa procéder à leur guise et selon leur rite austère. Quand elle se sentit mieux, elle alla vivre avec ses fils dans un hôtel d'Acunción et tenta de contacter Jérôme, dont le numéro n'était plus attribué. Elle téléphona à Bertrand qui, compatissant devant la gravité des faits, proposa de la faire rapatrier aux Etats-Unis.

– Je t'appelais pour te dire adieu, dit-elle, et il resta coi dans un silence de grésillements anachroniques.

Elle vécut quelques semaines encore au Paraguay, passant de longues heures au téléphone avec son frère aîné, François, qui vivait à Mulhouse. Leur mère, qui habitait toujours Aix-en-Provence, était malade.

Damien, l'autre frère, le plus jeune de la fratrie, vivait non loin et allait lui rendre visite le week-end à l'Ehpad.

Elle amena ses fils découvrir les chutes d'Iguazú, et ils connurent là-bas des moments d'une joie convalescente, aux rires éperdus, aux regards qui se cherchaient, se scrutaient et, par moment, se surprenaient l'un l'autre, hagards, perdus dans l'horizon de la jungle, la brume fraîche des cataractes, les alignements de baskets, de sandales et de tongs d'une file d'attente de touristes. Elle eut le sentiment qu'il était temps de retourner en France.

16

Anne-Charlotte avait vécu l'essentiel de son enfance à Marseille, auprès de sa grand-mère Fabiola, dans une villa de style mauresque située traverse Nicolas dans le quartier du Roucas-Blanc. A deux pas, un long escalier descendait vers la plage du Prophète. Le père d'Anne-Charlotte, un artiste peintre allemand prénommé Günther, et la mère, Ana-Maria, dentiste d'origine italienne, accablés par la charge parentale, avaient pris à ses trois ans la décision de la séparer de ses deux frères et de la confier, elle qu'ils considéraient comme la plus dégourdie des trois, à la grand-mère maternelle. Fabiola avait mené une brillante carrière de professeure de médecine, spécialiste en immunologie des greffes et maladies auto-immunes, et s'était toujours montrée disponible pour sa petite-fille. A la mort de Fabiola au début des années 2020, Anne-Charlotte avait racheté la villa, qui était restée inhabitée jusqu'à son retour du Paraguay.

Les premiers mois après l'emménagement dans la villa de la grand-mère furent une période d'acclimatation où l'on tenta d'oublier la menace du monstre. Certes, Anne-Charlotte et ses deux garçons avaient quitté un continent pour un autre et il était peu probable qu'un être aussi seul, dépourvu de moyens et si épouvantable d'aspect, soit capable de franchir les obstacles que constituaient frontières et océan pour venir les trouver. Cependant, il ne se passait pas une journée sans qu'Anne-Charlotte ne songe à cette éventualité monstrueuse.

Au mois de janvier 2031, elle reçut un SMS inattendu de Bertrand, qui lui proposait un rendez-vous chez un glacier de la Corniche. C'était un jour de soleil où le mistral balayait la ville. L'anse de l'Oriol, en contrebas de la Corniche, dessinait une trame de vaguelettes écrêtées, frisées de blanc, sur fond d'émeraude. Elle le reconnut sans peine au sortir d'une berline noire avec chauffeur, porkpie retenu d'une main, longue étole pourpre ondulant au vent, paletot de laine pistache sur un complet beurre frais.

– Tu es resplendissante ! lui dit-il, et ce compliment la toucha, car dans cette période de changement de cap, tardif dans son existence, il lui arrivait de se sentir dépassée. Les jours fastes, elle s'appliquait à mettre en valeur tout ce qui pouvait l'être à cinquante ans, comme par exemple cette mèche de cheveux blancs vague et timorée, dont, sur les conseils de la coiffeuse, elle avait pris le parti de souligner l'attrait graphique à la façon de Susan Sontag.

Devant un sundae au lait d'amandes garni de biscuits Oreo, Bertrand lui expliqua que malgré des mois de recherches à travers le Paraguay, le nord de l'Argentine, la Bolivie et le sud du Brésil, ses hommes avaient perdu la piste de Gamberetto.

– Si un jour tu revois le composite – on ne sait jamais, après tout, il a quelques attentes non négligeables vis-à-vis de toi – , préviens-moi au plus vite. Nous avons des contacts dans toute l'Europe, qui pourront assurer sa capture.

Puis, sur un ton des plus chaleureux, il lui proposa de reprendre les travaux. Elle était blanchie aux Etats-Unis, un laboratoire high-tech et ultra-sécurisé l'attendait à Palo Alto.

– Non, tout ça, c'est derrière moi, dit-elle, en posant sa main sur celle de Bertrand. Il sourit.

– Eh bien, alors c'est comme si *tout ça* n'avait jamais existé, n'est-ce pas ? conclut-il à regret, dehors, après l'avoir serrée dans ses bras.

Elle grelotta sur place en le regardant regagner sa berline de l'autre côté de la route, puis elle remonta chez elle par un long escalier, soulagée d'avoir pu parler de nouveau à Bertrand, et d'en rester ainsi, sur un échange amical.

Elle trouva bientôt un poste de professeure d'histologie à la faculté de médecine, qui lui permit de renouer avec les aspects rassurants d'une existence normale. Ce retour de la sérénité, pensait-elle, lui laisserait tout le loisir de concevoir un nouveau projet de vie plus haletant.

Arthur et Charlie, scolarisés dans un collège-lycée d'excellente réputation, connurent une intégration difficile. Habitués à l'enseignement à la maison, au grand air et au contact des animaux de la ferme, ils étaient apparus farouches, peu au fait des codes de leurs contemporains, et se firent chahuter. Arthur, à quinze ans, blond et hirsute, ressemblait au personnage de Fitzcarraldo joué par Klaus Kinski, en version maigre et acnéique, toujours à fleur de peau et vêtu d'amples survêtements blancs. On le retrouvait mêlé aux pires échauffourées. Charlie, quant à lui, d'un caractère renfermé et devenu grassouillet, accueillant avec résignation les saillies, les tapes sur le crâne et autres brimades de ses camarades de quatrième, se laissa assigner au rôle du bouc-émissaire dans un piège collectif implacable. D'une manière tardive, outre l'ordinaire des violences puériles, ils découvrirent avec avidité le « terrain de course à la bêtise » que constituaient selon leur mère les réseaux sociaux. Eux, qui avaient été élevés dans une forme de rusticité simple et éclairée, acquirent, un vaste smartphone toujours rivé au creux de la main, les éléments superficiels de l'attitude « racaille », sabir et gestuelle dont les charmes rustiques avaient conquis l'ensemble des strates socio-économiques de la jeunesse. Autant de motifs d'inquiétude pour Anne-Charlotte, qui espérait que les notes, jusqu'ici acceptables pour Arthur, excellentes pour Charlie, ne souffriraient pas du déclin redouté, et que l'adaptation verrait finalement sa trajectoire libérée de tout écueil.

Au sein de sa famille, Anne-Charlotte renoua des liens mis en sommeil. Damien, son cadet, agent d'accueil à la Vieille Charité, la rejoignait parfois le week-end à l'Ehpad d'Aix-en-Provence où logeait leur mère Ana-Maria, qui ne reconnaissait sa fille qu'une fois sur deux, mais à chaque occasion savait se montrer infâme tout en se ménageant une absolue impunité. Aux beaux jours, Damien l'invitait chez lui, dans son pavillon de Saint-Chamas, partager avec sa petite-amie Chloé les douceurs d'un barbecue. En général, Charlie accompagnait Anne-Charlotte, taiseux mais poli, tandis qu'Arthur préférait s'attarder mystérieusement avec ses camarades en survêtement sous les porches poisseux de boutiques liquidées de la Canebière.

Au noël 2032, Anne-Charlotte revit son aîné, François, avec qui elle échangeait du reste mensuellement au téléphone. Il était directeur d'un site d'assemblage automobile, à Mulhouse, et, entre ses responsabilités et de graves ennuis de santé que rencontrait sa femme Isabelle, ne trouvait que rarement l'occasion de revenir au bercail.

Trois ans après son retour en France, elle reçut un

appel en provenance d'Espagne. Jérôme, qui avait récemment repris contact avec Charlie via un réseau social, venait d'apprendre, avec beaucoup de retard parmi les dernières nouvelles, la mort du petit Albert. En larmes, il disait regretter la lâcheté dont il avait fait preuve ces années-là à la Zarzuela. Il vivait cependant toujours auprès de Dörthe, avec qui il avait déménagé, il y avait cinq mois de cela, d'Acunción vers Madrid, où il exerçait désormais en tant qu'économiste à la représentation de la commission européenne. Les vacances d'été approchaient et Anne-Charlotte, qui, contrairement à ce que Jérôme avait appréhendé, n'éprouvait pas de rancune et trouvait même un certain réconfort à entendre cette voix si longtemps chérie, lui accorda qu'Arthur et Charlie aillent passer quelques semaines chez lui.

Durant l'absence de ses fils, lors d'un dîner organisé par un collègue néphrologue de la faculté de médecine, elle fit la connaissance de Ludovic Bianchini, écrivain et navigateur sexagénaire qui habitait une belle et lumineuse villa contemporaine du quartier des Baumettes, à deux pas de la calanque de Morgiou. A ses côtés, elle vécut un été romantique à bord du Cuauhtémoc, élégant ketch en bois qui les mena jusqu'à l'île d'Elbe. Le séjour, envisagé comme une idylle légère et sans aspérités, se mua en une aventure humaine exaltante et périlleuse puisque le Cuauhtémoc fut amené à secourir une dizaine de naufragés en provenance de la Corne de l'Afrique. Un acte de courage qui précipita l'attirance réciproque, attisa le feu du désir entre le capitaine Bianchini et son ingénieuse passagère.

Après la rentrée des enfants, elle continua de fréquenter assidûment l'écrivain. Elle le rejoignit une semaine en décembre au Mexique, où il était l'invité d'honneur d'un festival littéraire organisé par l'Alliance Française de Mexico. En tant que correspondant, il avait arpenté dans sa jeunesse cette ville-monde et en avait tiré quelques importants récits dans la veine du réalisme magique. Ludovic Bianchini la rendait heureuse, et, de mémoire de femme, sinon lors des premières années d'amour avec Jérôme, elle ne s'était jamais sentie aussi insouciante et légère.

C'est ainsi qu'elle ne put appréhender le désagrément qui allait advenir. Le jour de la rentrée des vacances d'hiver, à peine majeur depuis quelques jours, Arthur fut interpellé par la police. Anne-Charlotte fut convoquée au commissariat. Le phénomène avait beau être répandu chez les jeunes, il n'en restait pas moins affligeant : par l'intermédiaire d'un réseau social, Arthur avait commencé à flirter avec Géraldine, quatorze ans, voisine du Roucas-Blanc et fille de bonne famille. Il ne savait plus exactement comment, ensuite, était né un tel projet, mais, de fait, il en était venu à prostituer sa jeune amie en la livrant, çà et là, à scooter électrique. Puis, à la faveur d'un voyage qui avait interrompu la cadence soutenue des passes, la jeune Géraldine était passée aux aveux devant ses parents. Selon une inspectrice de la brigade des mineurs, qui parla à Anne-Charlotte sur un ton blasé, Arthur avait reconnu les faits d'une façon grimaçante, plus embarrassé que véritablement contrit. Il lui fallut du temps avant de commencer à concevoir quelque touchante représentation dans son esprit et prononcer de penaudes excuses.

Quelques semaines après sa condamnation, comme se profilaient, au loin, dans un beau crépuscule, les murailles de la célèbre prison des Baumettes depuis la terrasse de Ludovic, Anne-Charlotte plaisanta cyniquement :

–Si ça se trouve, mon rejeton nous regarde trinquer depuis son trou.

A côté d'elle, une enceinte bluetooth diffusait la partie douce et mélancolique du *Concerto pour deux mandolines* de Vivaldi. Elle augmenta le volume d'un cran et s'alluma une cigarette avec un air sombre.

– J'aime bien ce morceau, dit-il, rêveur.

– Je me sens fatiguée, tout à coup.

–Te bile pas, bichette. Ce que vous avez vécu au Paraguay n'a pas été facile. La prison va lui mettre du plomb dans la cervelle, et avec une mère comme toi, je suis sûr qu'à sa libération, il trouvera de belles opportunités. Je vous aiderai.

–Si seulement j'arrive un jour à oublier ce que ce crétin a fait, mais c'est gentil à toi.

Un autre événement que, perchée sur son nuage de félicité, elle n'avait pas vu arriver, fut la mort atroce de sa mère Ana-Maria, et ce fut aussi la confirmation d'une crainte qui, jusque-là, n'avait fait que planer sans justification apparente. Un samedi après-midi, passé le déjeuner, elle avait laissé sa mère s'endormir dans sa chambre, devant un écran diffusant des photos de famille. Le même jour en début de soirée, Anne-Charlotte reçut chez elle un inspecteur de la brigade criminelle. Une aide-soignante venait de découvrir le corps décapité d'Ana-Maria assise sur un fauteuil médicalisé, la tête déposée sur les genoux.

Etant la dernière visite connue de la défunte, Anne-Charlotte, considérée comme la première suspecte, fut placée en garde à vue. Mais l'inspecteur n'avait perçu en elle qu'un très improbable trancheur de tête, et l'analyse acheva de la dégager de tout soupçon. La vidéo-surveillance montrait quelqu'un, un individu en sweat-capuche furtif et non reconnaissable, mais extraordinairement trapu.

– Quel monstre faut-il être pour faire une chose pareille ? marmonna l'inspecteur, un gros homme brun au teint mat, aux traits épais, à la voix de baryton pagnolesque. Peut-être une idée, Mme Bösegestaltung ?

Et elle haussa les épaules, l'air navré. Bien sûr qu'elle savait, et c'était terrifiant. Mais qui aurait pu la croire ? On arrêta un sans-abri exhibitionniste. Malgré l'absence criante de motif à son crime, il avait par malheur été signalé dans les environs au moment des faits vêtu d'un sweat-capuche.

Consciente que Gamberetto avait bel et bien réussi à la localiser et que la traque n'en était qu'à son commencement, elle envoya Charlie vivre chez son père à Madrid. Puisqu'il purgeait sa peine aux

Baumettes, Arthur n'avait pas besoin d'être protégé. Mais aurait-elle eu envie de le protéger ? Se sentant seule et démunie face au danger, elle raconta l'histoire de Gamberetto à Ludovic. Pour dissiper tout scepticisme de sa part, elle lui montra quelques vidéos enregistrées à la Zarzuela conservées dans son téléphone. Sur l'une, filmée depuis le chemin de ronde de l'enclos, on distinguait le jeune composite, assis à l'entrée de son cabanon, en train de déguster paisiblement des baies de palmier abricot.

– Quelle trogne ! s'écria Ludovic. Il est mignon !

Elle alerta Bertrand, qui mobilisa une équipe à Marseille. Elle ne rencontra pas ces hommes, qui menaient leurs opérations dans la clandestinité, mais Bertrand l'appela un jour, catastrophé : sur la piste de Gamberetto, l'équipe venait d'être décimée dans la ruine d'un ancien garage du quartier des Crottes. Le chef du groupe d'intervention, quelques secondes, sans doute, avant de périr le crâne broyé sous une lourde poulie, avait enregistré un message sur le répondeur de Bertrand. Derrière le vacarme d'une fusillade, on distinguait le rugissement d'une bête et des cris humains. Soudain, la voix du chef délivrait d'un débit neutre et professionnel une effroyable observation, que Bertrand fit écouter à Anne-Charlotte :

«Le composite n'est pas haut de taille, je dirais un mètre soixante-cinq, pas plus. Mais comme ces gens qui ont de grands cheveux dressés sur la tête, je dirais que de ce point de vue, sa crinière l'avantage. Il est, du reste, extrêmement vif et d'une puissance qu'il n'est pas exagéré, je pense, de qualifier de tout à fait dévastatrice. Par-dessus le marché, on a beau le cartonner, on dirait qu'il résiste aux balles. On aurait probablement mieux fait d'emporter davantage de grenades... »

Un soir qu'ils dînaient sur la terrasse chez Ludovic, un simple hérisson, rampant sur un parterre d'iris, provoqua un bruissement dans la nuit qui leur fit une terrible frayeur. Ludovic, après un moment d'hésitation, s'ouvrit à Anne-Charlotte d'une question qui le taraudait :

– Bichette, tu es sûre que tu ne devrais pas reprendre les expérimentations et donner enfin à ce monstre ce qu'il réclame ?

– Tu n'imagines pas les conséquences. Non seulement il s'agirait pour moi de commettre à nouveau une abomination morale, mais c'est la survie-même de l'espèce humaine qui serait menacée si cette créature parvenait à se reproduire.

– Peut-être, mais au moins tu aurais la paix.

– Et toi aussi, au passage.

– J'avoue, oui. Cette situation me met à cran.

– Typiquement masculin. Tu ramènes tout à toi.

– En même temps, quand on s'est rencontrés, tu t'es bien gardée de mentionner cet aspect de ta vie.

Ainsi éclata leur première dispute. D'autres viendraient, généralement liées à ce même sujet qu'était la menace qui s'immisçait dans leur quotidien. Sans oser le lui formuler ouvertement sinon lors de ces moments, justement, où les frictions dans le couple devenaient trop intenses, Ludovic reprochait à Anne-Charlotte de l'exposer à un danger découlant d'une décision à laquelle il était tout à fait étranger. Il déplorait ce qu'il considérait comme une posture de principe, dans cet entêtement d'Anne-Charlotte, en dépit de la disproportion du danger, à ne rien vouloir céder au pauvre bougre qu'elle avait mis au monde.

17

Parfois, un craquement, un bruit suspect dans la villa, le jardin, une ombre furtive dans la nuit, alertaient Anne-Charlotte et Ludovic. Mais les saisons passèrent sans que Gamberetto ne reparaisse. Peut-être avait-il été blessé mortellement lors de son affrontement avec le groupe d'intervention missionné par Bertrand. Ou peut-être, simplement, reprenait-il des forces, solitaire, quelque part à l'abri des regards. Peut-être aussi, magnanime, avait-il décidé d'octroyer du temps à Anne-Charlotte pour qu'elle remette en marche ses expérimentations. Malgré un doute persistant, qui conservait l'insouciance en bourgeon, la peur s'était peu à peu dissipée. Arthur sortit de prison. Sa mère, rejetant catégoriquement l'idée d'un éventuel pardon, repoussa ses tentatives d'entrer en contact avec elle. Face à l'insistance de Ludovic, qui défendait avec une vigueur qu'elle trouvait ridiculement laxiste la possibilité d'une rédemption, elle lui versa toutefois, par l'intermédiaire d'un avocat, une modeste allocation mensuelle afin de le soutenir dans sa réinsertion socio-professionnelle. Elle n'eut plus de nouvelles de lui. Sur les conseils de Bertrand, par ailleurs, qui pensait Gamberetto toujours en vie, elle puisa dans ses économies afin de louer les services d'une société paramilitaire, chargée d'assurer sa propre protection, ainsi que celle de Charlie, qui vivait toujours chez son père en Espagne. Aussi, où qu'elle aille, ayant leur chambre attitrée dans les deux villas, Ousmane et Patrick, anciens parachutistes, se relayaient une semaine sur deux, assurant la permanence d'une présence discrète, tandis que Carlos et Toni, dans un appartement situé sur le même palier que celui de Jérôme, surveillaient Charlie dans les moindres mouvements de sa vie madrilène. Cependant, à Marseille comme à Madrid, les gardes du corps purent se réjouir d'une mission tranquille et confortable, car aucun danger n'affleura à la surface certes un peu monotone de ce paisible quotidien.

La routine finit toutefois par être renversée quand, à l'été 2037, alors qu'Anne-Charlotte et Ludovic séjournaient au bord du lac de Garde, dans une petite maison prêtée par l'éditeur des traductions italiennes de Ludovic, eut lieu un certain événement.

L'après-midi était chaud et silencieux. La maison, de bois, de vieilles briques et au toit de tuiles, était un plain-pied frais et bien aéré qui comprenait deux chambres et une petite bibliothèque-bureau distribuées depuis l'entrée principale par un couloir, qui ouvrait sur un lumineux salon équipé d'un poêle au design épuré. L'agréable pièce de vie, par une vaste porte-fenêtre, se prolongeait dehors par une terrasse. De là, à l'ombre d'un parasol, bercé par un souffle d'air chaud, on entendait à peine, en contrebas, le léger brouhaha des baigneurs d'une petite plage. Anne-Charlotte, en maillot de bain, allongée sur une chaise longue, commençait à s'assoupir sur sa lecture – peut-être un livre de Julien Green, à moins qu'il ne se soit agi d'un Stefan Zweig, elle aimait lire et relire ces deux auteurs –, et comme elle ne souhaitait pas entamer une sieste à cette heure un peu tardive, elle se leva pour aller boire une tasse de café dans la cuisine. Après le café, elle irait sans doute nager, ça la réveillerait. La plage était à peine à trois volées de marches. Ludovic était sorti, pour une séance de dédicace dans une librairie de Vérone. Ousmane, garde du corps d'astreinte cette semaine-là, écoutait à faible volume une playlist de musique jazzy dans sa chambre. Sans doute était-il aussi en train de peindre. Anne-Charlotte savait qu'il aimait l'aquarelle, et c'était sans doute à cela qu'il était occupé, lorsque, de manière tout à fait inattendue, Gamberetto se matérialisa sur la terrasse.

Vêtu d'une vaste chemise bariolée – probablement cousue main, adaptée à sa morphologie particulière – et d'un bermuda de molleton gris manufacturé qui pendait large au niveau de l'aine, il était tranquillement accoudé à la balustrade, tournant le dos à Anne-Charlotte. Il était arrivé d'un saut, d'une escalade, pendant qu'elle était penchée sur le percolateur individuel. Le café coulait dans un long bruit strident. Hébétée, Anne-Charlotte songea un instant à hurler, à sonner l'alerte. Mais Gamberetto se tourna vers elle, avec un regard bienveillant. En l'englobant tout entier d'un œil savant et précis, elle comprit que, malgré son modeste mètre soixante-cinq, sa physionomie suggérait qu'il était à douze ans un individu adulte. Dans la lumière du soleil, qui descendait de son zénith depuis deux heures, sa crinière, hérissée vers le ciel, était d'un rouge flamboyant, et encadrait un visage aux rides épaisses, bruni, tanné par la vie au grand air. Avec le temps, ce qui, dans sa face, avait autrefois ressemblé à un timide museau, s'était affirmé en un rostre arrondi et franchement bestial, surmonté d'une excroissance de tégument plus clair, légèrement rosée et luisante, semblable à une truffe plus ou moins vestigiale et sous laquelle s'étirait, dans un sourire affable, une bouche aux lèvres minces et élastiques. Ses petits yeux enfoncés, noisette, sous un épais bourrelet sus-orbitaire, s'animaient entre de hautes et larges paupières. Son regard était d'une grande douceur et pétillant d'une ironique intelligence. En cela, il avait beaucoup changé. Possédant toujours des traits du coursier matriciel, l'homme qui avait fourni son ADN, l'âge et l'expérience avaient ajouté sur la figure de Gamberetto une expression propre, qui évoqua spontanément à Anne-Charlotte le Montesquieu des billets de deux cents francs de jadis.

– Vous voyez, dit-il d'une calme voix gutturale en se retournant vers elle, je peux vous retrouver où que vous alliez, et c'est égal pour ceux que vous aimez.

– Je n'ai qu'à dire un mot, mon garde du corps est dans la chambre à côté, répondit-elle sans émotion, tenant dans une main une soucoupe sur laquelle reposait une tasse de *ristretto*.

– Je suis juste venu parler, dit-il, et il alla s'asseoir à l'ombre du parasol.

Elle remarqua les bosses minces et dures de ses petites fesses sous l'ample molleton, ses mollets musculeux et poilus, ses pieds nus au cuir épais et aux orteils préhensiles et griffus.

Sur la table, reposait le livre d'Anne-Charlotte, qu'il feuilleta brièvement, sourcils froncés. Elle lui dit d'une voix douce de patienter et alla dans le couloir, entrouvrir la porte d'Ousmane. Volets clos, torse nu, dans un air chargé d'une odeur de transpiration, le garde du corps était accoudé à une table, couverte d'aquarelles fraîches sur format carte postale.

– Tout va bien, Madame ?

– J'ai un appel personnel à passer, merci de ne pas sortir de votre chambre avant mon ordre.

– Impeccable. J'irais juste bien me baigner vers dix-huit heures, si toutefois vous n'y voyez pas d'inconvénient, Madame.

– Faites, faites.

Elle referma la porte et retourna dans le salon-cuisine. Gamberetto n'avait pas bougé de la terrasse. Il fit un geste de la main en désignant le café qu'elle tenait ; elle lui en apporta un et s'assit face à lui. Il sortit d'une poche de son bermuda un paquet de Rothmans provenant visiblement d'Amérique latine, en proposa une à Anne-Charlotte, qui refusa, puis il s'en alluma une.

– Quelque chose me titillait, chère mère... Je suis désolé d'avoir tué votre fils. Et puis votre mère... Voilà. Je voulais vous présenter mes excuses. Mais je souffre tant d'être seul, vous savez ? Il me faut à tout prix une compagne, et vous seule pouvez m'en offrir une.

– C'est pour me dire ça que tu es venu jusqu'ici ?

– C'était important pour moi, dit-il, esquissant une grimace, en écrasant sa cigarette dans la masse dure et velue de son poing, comme s'il s'était agi d'une habitude.

Une habitude de truand, de criminel, pensa-t-elle sans rien en laisser paraître.

– J'apprécie ta sincérité, Gambi. Et je comprends, oui. Je n'ai aucun mal à comprendre la douleur qui te consume le cœur. Malheureusement, il faudra bien t'y faire.

– Non, non, dit-il en dodelinant de la tête avec un sourire en coin, un sourire de canaille. Je suis certain qu'un jour, vous changerez d'avis. Ce qui me chagrine, c'est que vous ne le fassiez pas maintenant. Cela épargnerait bien des vies.

– Je n'ai pas envie de m'enliser dans un débat sans issue avec toi, car de mon côté, le non est catégorique, et ton espoir de me faire changer d'avis est un fourvoiement auquel tu ferais bien de renoncer au plus vite. Changeons de sujet, si tu veux bien, et je suis sûre que ça va t'intéresser. Voilà : quand tu es apparu sur la terrasse, m'est venue une idée soudaine. Je t'ai trouvé une vague ressemblance avec Montesquieu… Tu connais Montesquieu ? (Gamberetto hocha la tête) Et ce n'est pas à *l'Esprit des lois* que j'ai pensé à cet instant, mais plutôt aux billets de banque de mon enfance et à la question de l'argent. En effet, que dirais-tu si je t'offrais de l'argent ? A défaut de compagnie, un peu d'argent sur un compte bancaire pourrait à coup sûr te rendre la vie plus douce, tu ne crois pas ?

–Ce que je veux, malheureusement, aucun argent ne pourra me l'offrir !

– Ne sois pas trop romantique, Gambi. Et réfléchis bien… J'imagine que depuis les nécessités vitales jusqu'au moindre de tes déplacements, assurer ton quotidien dans l'extrême marginalité à laquelle tu es condamné doit représenter pour toi une somme d'efforts considérables. Il faut se cacher, saisir par la force, dérober, se déplacer loin, fuir sans répit. Et tout cela dans cette extraordinaire solitude, bien sûr. Alors que posséder quelques moyens financiers te rendrait la vie plus aisée, crois-moi. Peut-être même pourrais-tu, grâce à l'argent, acheter les services adéquats à combler tes manques affectifs, qui sait ?

– Pfff, fit-il, d'un air dubitatif, sans savoir quoi ajouter.

– Navrée de devoir te parler crûment, Gambi, mais il nous faut nommer les choses : je suis persuadée que le poids de ce que tu appelles ta solitude serait atténué de manière appréciable si seulement tu pouvais tirer ta crampe.

Gamberetto ne répondit rien et, apparemment interloqué, il regarda un instant en l'air, vers le parasol. Puis une moue déforma son grotesque visage, qui semblait admettre que la proposition, en fait, n'était pas inappropriée.

– En échange d'argent, dit-elle en allant chercher son sac à main posé à l'intérieur sur un secrétaire, tu jures de nous laisser tranquilles, moi et mes proches ?

– Bon, je veux bien essayer, dit-il en saisissant la carte bancaire que lui tendait Anne-Charlotte.

– Il y a cent mille euros sur un compte qui était

destiné à l'origine aux études de mon impardonnable rejeton, ce minable d'Arthur... Je l'alimenterai de temps en temps pour toi. Fais ce que tu veux, profite de la vie. Retiens bien le code sur le bout de papier. Mais attention à ne pas flamber.

– Merci, chère mère. Je suis touché.

Il avait désormais la tête baissée, sur la carte, les yeux humides. Anne-Charlotte était émue, bouleversée d'échanger ces quelques mots avec sa créature. Mais elle pressentait aussi le dégoût auquel la mènerait inévitablement son élan. Elle eut le sentiment dérangeant de retrouver un enfant perdu, s'approcha de Gamberetto, hésitante, et, tiraillée entre des sentiments contraires, l'enlaça.

– Tu ne dois plus tarder, maintenant, mon enfant, dit-elle en tapotant son large dos, une joue enfouie dans la toison chaude et âpre. Il avait une odeur de blé mûr mêlée à un relent musqué. Elle regrettait déjà l'inconséquence dont elle venait de faire preuve en prononçant, avec si peu de retenue, le mot « enfant ».

Soudain, on entendit claquer une porte à l'intérieur, ainsi qu'un pas rapide qui approchait.

– Chérie, écarte-toi ! ordonna Ludovic, qui avançait vers eux, un sabre brandi par-dessus la tête. Tout en s'écriant « non, Ludovic ! » elle identifia le splendide katana à lame damassée qu'elle n'avait jusqu'alors connu que placé sur son support en bois laqué, dans la petite pièce sombre qui servait de bibliothèque et de bureau à l'éditeur italien de Ludovic. Gamberetto se retourna subitement vers son assaillant et, ayant levé les bras pour se protéger, reçut la lame du sabre dans l'avant-bras droit, entre le coude et le poignet. L'impact produisit un bruit métallique et ligneux, sonore et désagréable, comme le son d'une hache frappant le flanc d'une grume sèche. L'acier arrêta net sa progression dans la chair au niveau de l'os, l'ulna, et resta bloqué là. Ludovic, qui avait dû lâcher le sabre à cause de la violence vibratoire du choc, resta un instant stupéfait. Gamberetto, la lame coincée dans l'avant-bras, le projeta d'un violent coup de l'autre bras, et Ludovic atterrit sans connaissance dans le salon-cuisine. Entre-temps, Ousmane, qui était sorti de sa chambre, avait dégainé son pistolet. Gamberetto fut secoué par deux tirs, un à l'épaule, un autre atteignant le flanc, alors qu'il enjambait la rambarde de la terrasse. Puis il sauta dans les arbustes en contrebas. Ousmane sauta à sa suite et le prit en chasse. Il revint dix minutes après, bredouille, essoufflé, répétant jusqu'à la nausée qu'il avait eu la peur de sa vie. Gamberetto, malgré la lame de sabre qu'il avait coincée dans l'avant-bras, l'avait semé sans peine dans les rues du bourg. Peu après, alors qu'il revenait vers la maison, Ousmane l'avait aperçu à l'angle d'une épicerie, au guidon d'un antique triporteur utilitaire Piaggio, gagnant la route nationale dans une zigzagante pétarade.

18

L'attitude de Ludovic ne souffrit pas de reproches appuyés de la part d'Anne-Charlotte, car même s'il l'avait fondée sur un jugement erroné de la situation, son intention restait courageuse. Il avait eu de bonnes raisons de croire sa femme en danger. Cependant il s'était trompé, et Anne-Charlotte se sentit froissée qu'il ait gâché si maladroitement, par cet élan d'agressivité virile, une rare occasion de pacification dont les enjeux auraient pu être déterminants. Ludovic s'avoua bientôt troublé, perturbé d'avoir approché la bête de si près, et cette affection psychologique se traduisit par une humeur générale de désarroi et de colère. Les semaines qui suivirent, des impressions subtiles, des sentiments mêlés s'insinuèrent dans l'esprit de Ludovic. Il se trouva tout entier happé par un grand abattement. De retour à Marseille, il se laissa aller à dormir tard le matin, bouda son travail d'écriture, et sans plus répondre aux sollicitations de son agent littéraire, erra en caleçon et chaussettes dans la villa. Un dimanche qu'il refusait de se lever alors qu'ils étaient attendus pour déjeuner chez un couple d'amis, il sanglota dans un oreiller. Il avait ressenti une colère intense, ce jour-là, une rage mêlée, à la fois contre la bête responsable de cette menace qui pesait lourdement sur leur existence, mais aussi contre Anne-Charlotte elle-même. Elle avait appelé Gamberetto son « enfant », il l'avait entendue et cela l'avait indigné. Anne-Charlotte lui avait semblé une autre personne à cet instant : elle avait révélé à son insu un visage de matrone démiurgique abominable, terrifiant, et il s'était senti trahi et même en danger. Hors de lui, Ludovic avait frappé la bête, puis il avait ressenti une frayeur atroce. Peut-être même, du fait de l'intensité foudroyante de la peur, s'était-il évanoui avant même de recevoir le coup, la réplique de Gamberetto.

– Depuis, je crois que je décompense et que je t'en veux, dit-il, recroquevillé contre Anne-Charlotte, qui caressait les belles boucles grises de ses cheveux.

Elle ressentit un peu de dégoût, à voir cet homme d'âge mûr d'ordinaire si digne, qui cultivait même dans son apparence un certain glamour littéraire, pleurnicher ainsi. Mais elle s'efforça de ne pas le montrer. Au contraire, et avec d'autant plus de force qu'elle désirait absolument lui faire oublier la déplaisante image d'elle-même qu'il ruminait en esprit, elle lui ouvrit son cœur, s'abandonna à la tendresse. L'événement ne représentait qu'un accident, une anicroche, à surmonter, dans un climat général de sentiments fastes.

De longs mois après l'irruption de Gamberetto, ils en parlaient encore. Le traumatisme de Ludovic s'estompa. L'entente, la complicité entre eux se restaura. Il évoqua l'éventualité d'un mariage, elle ne s'y opposa pas, demandant toutefois un délai de réflexion. Elle ressentit souvent à cette époque que la vie lui était douce et précieuse. Quant à Gamberetto, elle n'avait plus eu le moindre signe de lui, jusqu'à une matinée d'octobre 2041 où, se rendant à pied à son bureau de la faculté de médecine, elle reconnut la silhouette efflanquée et la tignasse hirsute de son fils Arthur.

C'était dans une ruelle, en contrebas de la villa du Roucas-Blanc. Il était assis sur le trottoir, vêtu d'un survêtement beige, à bricoler un scooter, devant un garage, dépendance de la villa.

– M'man, j'ai été approché par Gamberetto ! lui dit-il, enjoué, avec dans son regard bleu une expression d'idiotie dangereuse, brûlante. Ils discutèrent un instant, car elle était intriguée. Gamberetto avait retrouvé Arthur dans son studio de la Belle de Mai. Il avait demandé pardon pour l'assassinat de son petit frère Albert, tout en rappelant le contexte, qu'Arthur, encore jeune au moment des faits, n'avait pas forcément à l'esprit. Arthur avait pardonné sans réserve, ils avaient passé deux jours ensemble, confinés (et sans qu'Arthur ne le dise clairement, Anne-Charlotte comprenait qu'ils s'étaient saoulés) à se rappeler d'autres vieux souvenirs de la Zarzuela. Puis Gamberetto était parti, avait quitté Marseille pour aller on ne savait où.

– Gambi est triste que ça n'aille pas mieux entre vous, m'man. C'est dommage. Tu devrais p'têt' te remettre en question.

– Bougre d'idiot, tu ne comprends pas qu'il te manipule ? dit-elle, froidement.

–Je dis juste que c'est dommage, répéta-t-il en bougonnant.

Elle le considéra, stoïque, à bonne distance.

N'ajoutant rien, avec un léger sourire en coin, il ferma la porte métallique du garage, puis s'éloigna sur son scooter électrique dans un silence de bicyclette bien huilée. Elle se sentit mélancolique, vaguement fautive.

Elle s'inquiétait de ce que Gamberetto était de nouveau venu chercher à Marseille. Veillant visiblement à ne pas être localisé par des retraits nombreux, il avait retiré presque tout l'argent d'un seul coup, quatre-vingt-dix-huit mille euros, en Italie. Depuis, elle alimentait le compte par des virements mensuels certes conséquents par rapport à son modeste salaire de professeur, mais qui lui laissaient escompter le maintien d'un *statu quo* aussi longtemps qu'elle en aurait les moyens. Il faudrait probablement un jour ou l'autre vendre la villa du Roucas-Blanc et elle n'aurait alors plus rien à laisser en héritage. Un tel prix pour la paix demeurait cependant acceptable.

Un an et demi après le premier retrait effectué en Italie, elle fut alertée qu'un mouvement similaire venait d'être opéré depuis Rio de Janeiro. Elle se demandait souvent à quoi Gamberetto pouvait employer son argent. Etait-il devenu un buveur, un joueur ? Un drogué ? S'était-il, au contraire, se muant en un gestionnaire averti, acheté ou construit un, voire plusieurs logements ? En Europe probablement pas, mais il était tout à fait envisageable, dans d'humbles recoins du monde, en Afrique, en Asie, en Amérique du sud, de se bâtir un abri durable, loin des regards aliénants d'une société normative, pour l'équivalent de quelques milliers d'euros. Comment procédait-il, du reste, dans le commerce quotidien, avec son apparence atrocement grotesque, lui qui ne pourrait évidemment jamais se présenter devant un banquier, une caissière ou un buraliste sans provoquer l'effroi généralisé de toute une population ? Probablement devait-il exploiter à fond les possibilités du commerce et des démarches en ligne, et se fournir çà et là, en toute chose, sans jamais être aperçu. Mais surtout, avait-il découvert en ce monde une bonne âme, acceptant, au delà de la peur, du dégoût, et même de l'interdit civilisationnel, de soulager un tant soit peu son épineuse solitude ? Une nuit, au printemps 2045, elle reçut sur son téléphone un SMS en numéro masqué qui, bien qu'il ne répondît pas à ses nombreuses interrogations, la glaça par les sinistres hypothèses qu'il suggérait : « l'argent ne suffit pas, chère mère ! Je suis tellement navré! » Deux jours après, un promeneur découvrit le cadavre du frère cadet d'Anne-Charlotte, Damien, dans une calanque, étêté et le torse tailladé du nombre « 517 ». Désespérée, ne sachant comment joindre Gamberetto ni comment le dissuader de réitérer, elle lui versa une somme prodigieuse, accompagnant sa transaction d'une supplication lisible depuis l'espace personnel du bénéficiaire. L'argent fut débité aussitôt, depuis une borne de retrait située à Mulhouse. Horrifiée, elle tenta en vain d'alerter son aîné, François, qui demeurait là-bas. Ce dernier fut bientôt découvert noyé dans sa piscine couverte, bras et jambes séparés du reste du corps. Anne-Charlotte reçut peu après une carte postale provenant du Népal, portant un consternant message :

Ce n'est pas la raréfaction des énergies fossiles ou l'augmentation des exigences écologiques de votre société humaine qui m'empêchent de goûter le confort et la rapidité du transport aérien, chère mère, mais bien le pénible a priori *de votre espèce à mon encontre ! Aussi, pour connaître les plaisirs d'un voyage d'agrément, que ne suis-je obligé de crapahuter, de frauder les douanes, d'infiltrer les cales et de sans cesse me battre et soudoyer hommes et femmes corrompus et insatiables ! Au final, heureusement, quel pied, chère mère, que ces pérégrinations sans but ! Il me faut encore de l'argent. G.*

Loin de s'enrayer, la séquence meurtrière, qui venait de connaître une accélération subite, confirma sa nouvelle cadence. Quelques mois après cette carte, en décembre 2045, au terme d'une course-poursuite après un braquage auquel il avait vraisemblablement participé, Arthur fut retrouvé disloqué dans l'épave rabougrie d'une vieille Tesla noire, au fond d'un ravin près de Briançon. Des témoins du braquage décrivirent un homme filiforme masqué d'un bas, probablement lui, ayant pris la fuite à petite foulée avec le butin et s'engouffrant sans se presser dans la Tesla. Le chauffeur, non identifié, à la silhouette jugée « très bizarre, anormale » avait ensuite survécu miraculeusement à plus de vingt mètres de chute et de dévastatrices collisions intermédiaires le long d'un flanc rocheux. S'il s'agissait vraisemblablement d'un accident, il restait que Gamberetto avait probablement été à l'instigation d'une opération criminelle excessivement périlleuse, qui, de manière prévisible, avait coûté la vie à Arthur.

Début 2047, Charlie, qui avait vingt-quatre ans, fut pulvérisé dans l'explosion de son antique Renault ZOE sur le parking de l'université Complutense de Madrid, et Jérôme défenestré. Dörthe, terrifiée, jura aux enquêteurs avoir aperçu un « *monstruo espantoso* », une « *bestia paraguaya abominable* » et fut emprisonnée.

19

En juin 2051, à la veille de ce qui devait être un mariage discret (en fait une simple souscription électronique dans l'une des stalles sécurisées dédiées aux actes administratifs et notariés du relais colis de l'avenue Colgate dans le 9ème arrondissement de Marseille), une attaque au lance-roquette depuis le toit d'un immeuble pulvérisa Ludovic en pleine rue Bir-Hakeim, près du Vieux-Port, alors qu'escorté par deux berlines, il se rendait à vélo électrique chez son tailleur pour un dernier essayage.

Lorsque Ousmane, qui venait d'assister à la scène au volant de la voiture-balais, l'appela au téléphone, Anne-Charlotte était en train d'arroser les plantes en pots dans le grand et lumineux living de la villa des Baumettes.

– Oui, Madame, je l'ai vu sur le toit, dit-il, semblant vouloir adopter dans le ton une neutralité toute professionnelle, sans toutefois parvenir à dissimuler un réel embarras. Une gêne manifeste le faisait bégayer et buter sur les mots.

– C'était bien lui, su... sur le toit, armé d'un... C'était bien votre *chose*.

Alors, après un instant d'hésitation, un léger soupir, elle dit à Ousmane :

– Eh bien, maintenant, je peux me passer de vos services.

Puis elle lâcha le téléphone et, sortant sur la terrasse qui, en cette fin de journée était encore largement ensoleillée, hurla vers le ciel :

– Tu n'as toujours pas gagné, Gamberetto ! Car jamais – tu m'entends, pourriture ? – jamais, je te le garantis, JA-MAIS dans ta chienne de vie tu ne connaîtras la paix !

Un vent léger continua de bruisser dans les feuillages. Les pépiements des oiseaux, un instant interrompus, ne tardèrent à reprendre leur cours enjoué. Elle se rendit le soir-même au commissariat afin de confirmer que l'homme pulvérisé par une roquette en plein centre-ville était bien son fiancé, l'écrivain Ludovic Bianchini. L'inspecteur, un beau brun élancé au regard sombre, d'une voix pleine d'aménité, lui présenta ses condoléances, insistant à plusieurs reprises, comme fasciné, sur le mot « cratère », car en une fraction de seconde, un homme circulant dans la rue à bicyclette avait laissé place à un cratère, un cratère fumant, en plein Marseille ! Il lui prêta naturellement son épaule quand elle se laissa aller aux larmes. Mais dès le lendemain matin, alors qu'elle avait tourné dans son lit toute la nuit sans dormir, elle aperçut depuis la lucarne de la chambre à l'étage, le même inspecteur, l'inspecteur-cratère se dirigeant dans la rue vers le portail d'entrée de la villa. Tandis que retentissait la sonnerie de l'interphone, elle s'habilla en hâte, rassembla quelques affaires, vida le coffre-fort de la chambre et sortit par un portillon dérobé.

Trois jours après, alors qu'elle avalait un petit-déjeuner dans une station-service des environs de Gênes, ce qu'elle lut dans les actualités en ligne sur son téléphone lui confirma le pressentiment qui l'avait alertée : recherchée par la police, la biologiste et professeure de médecine Anne-Charlotte Bösegestaltung était en effet suspectée d'avoir commandité une série d'attentats contre ses proches pour un mobile encore inexpliqué.

20

Retour à toi, Baldassare, les yeux mi-clos, toujours l'oreille alerte, celle de gauche avec son anneau d'or, comme celle de droite. Après plus de trois mille kilomètres en car, découvrant le soleil de l'aube rougeoyer sur les cimes humides de la forêt atlantique, vous vous avisâtes que Foz do Iguaçu n'était plus qu'à quelques heures de route. Anne-Charlotte te raconta avoir pris, à bord d'une Hyundai électrique, la route de l'Italie en juin 2051 après la mort de Ludovic, dans l'idée de retrouver à Florence des cousins compatissants qui l'hébergeraient, la cacheraient, et éventuellement lui permettraient de se réinventer une identité. Mais très vite, elle s'était ravisée. Il lui était désormais impossible d'entretenir la moindre relation d'affection avec quiconque sans mettre des vies familières en péril. Le cœur meurtri, n'ayant d'autre solution que de disparaître dans la marge, elle s'installa sous une toile de tente, dans un bois non loin de l'Arno, au croisement des *vie* dell'Isolotto et de Poderaccio de Florence, d'où s'étendait un vaste bidonville composé de communautés disparates : Roms, réfugiés africains, du Proche-Orient, de l'Est de l'Europe, clochards, robinsons et toxicomanes en tout genre, qui, quand ils l'avaient pu, s'étaient regroupés par quartiers d'affinités.

Installée dans la zone de jonction d'une communauté d'Erythréens et d'un campement rom, dans cette existence pleine de rudesses, tremblant de froid l'hiver, ne sachant où s'abriter lors des pics de chaleur de l'été, affrontant pneumonies, infections cutanées, intoxications alimentaires, épidémies diverses, elle s'attacha avec le temps la sympathie et la protection de certains voisins grâce à ses compétences médicales, soignant hommes et animaux de compagnie en échange de quelque valeur ou de menus services. En 2055, alors qu'elle guettait sans envie la date de son soixante-quinzième anniversaire, qu'elle n'avait plus de famille, d'amis, d'amants, de métier, d'argent, et que sa vie dévastée, dans ce bois lugubre, boueux, infesté par les rats et qui sentait l'égout et les pneus brûlés, ne tenait plus qu'au fil de la solidarité et de l'instinct de survie, une vieille connaissance lui rendit visite.

Un orage avait éclaté la veille et inondé la vieille bâtisse crevée où se regroupait habituellement une horde de junkies dépenaillés. Toute la journée, elle avait observé, devant sa tente, grossir un ruisseau chargé de déchets issus de ce débordement. Une fois la nuit tombée, une pluie chaude continuait de tambouriner sur la toile de tente. A la lueur d'une lanterne à leds, elle lisait le *Corriere della Sera* du jour, qu'un voisin et patient rom lui avait glissé sous la crémaillère, quand un bruit visqueux, boueux, attira son attention. En éclairant le chemin devenu ruisseau, elle vit une longue colonie de gros cafards, une longue file rampante, probablement fuyant la bâtisse inondée. Puis, non loin, près d'une épave de caravane déposée sur des parpaings, passa l'éclat vert des yeux d'un animal. Elle eut un frisson. Dans la petite armoire en plastique débordant de vêtements humides qui se dressait contre son matelas, elle fouilla dans un pochon de cuir pour y saisir une bombe au poivre. Elle enfila son vieux trench-coat, saisit en plus un couteau effilé qui tenait dans une poche du manteau et sortit. C'était lui, elle le savait.

Depuis la caravane délabrée, provint un clignotement de lampe-torche, comme un signal en morse qui, à travers la pluie, sans qu'elle pût en saisir la signification exacte, semblait être un appel en sa direction. Armée de sa bombe au poivre et du couteau, elle avança, sous la pluie, vers la caravane, où clignotait toujours la lampe-torche. Elle distingua bientôt les contours d'une tête hirsute, à l'intérieur, monta sur le marchepied, passa l'entrée en respirant une bouffée d'air moisi et de cendre mouillée.

Il était là, tranquille, à fumer, assis sur un lambeau de mousse d'une ancienne banquette, un coude appuyé sur la petite table en bois, gravée et peinturlurée. Tout autour de lui, dans la pénombre, s'étendaient sur les parois les éléments disparates d'une fresque sordide faite d'une stratification de graffitis, de dessins et de mots obscènes. Une goutte d'eau régulière tombait dans la boîte vide de coulis de tomates qui lui servait de cendrier. A côté, le long de son coude, était déposée une édition de poche des *Mémoires d'outre-tombe*, tome 2, livres XIII à XXIV. Ses chaussures – d'énormes godillots fabriqués sur mesure – étaient largement crottées, mais son pantalon et son anorak semblaient neufs et propres. En s'approchant de lui, elle sentit une odeur de savon vanillée.

– Comment as-tu fait pour me localiser, Gambi ? dit-elle en dépliant pour s'asseoir une vieille chaise métallique.

– Disons que j'ai du flair, répondit-il, légèrement enroué.

Puis, après s'être éclairci la gorge :

– Et il faut ajouter que j'ai mes équipes. Des hommes à mon service. Qui l'aurait cru, *mía madre* ? Moi, l'exclu, l'infréquentable, moi l'immonde créature que tous fuyaient et rejetaient. Vous imaginez ?

Elle acquiesça, impassible. A sa main forte et velue, la droite, qui tenait la cigarette entre l'annulaire et le majeur, elle remarqua qu'il portait une chevalière en argent sertie d'une grosse turquoise. A son poignet gauche, qui apparaissait par moment de dessous la manche de l'anorak, c'était une épaisse montre en or rose. Elle tâtonna dans sa poche le manche de son couteau, et en même temps mesura à quel point cette tentation brûlante, qu'elle éprouvait, de le tuer, était tout à fait vaine. Elle pouvait toujours le poignarder : à quoi bon ? Si encore, par chance, elle parvenait à l'atteindre, sa force de vieille femme lui permettrait à peine d'écorcher la velue cuirasse.

– J'aimerais tant voir ton cadavre pourrir ici, au milieu des rats, dit-elle, et elle cracha par terre, sur le lino râpé.

Il fit une moue dans la pénombre, souffla de la fumée.

– Je comprends. Mais en même temps, j'ai de quoi atténuer votre colère, chère mère. Je suis venu vous annoncer la fin des persécutions.

– Elles sont déjà finies pour moi, depuis longtemps.

– Ce que je veux dire, c'est que je ne vous demande plus rien. Sauf si, bien sûr, vous changez d'avis et souhaitez vous joindre à nous – et ce serait pour moi avec un infini plaisir –, je n'ai plus besoin que vous me fournissiez une compagne.

– Ah, oui ? Aurais-tu enfin trouvé la perle rare qui a su déceler dans le fond de ton âme puante la petite étincelle ? La pauvre âme, je la plains !

– J'ai mieux. Sillonner le monde m'a beaucoup aidé, figurez-vous.

Il raconta, lors d'un voyage en Inde, dans les faubourgs de Calcutta, avoir rencontré un jeune lycéen prénommé Kumar. Doué d'un cerveau exceptionnel, il était dépourvu de l'argent nécessaire à la poursuite d'études à la hauteur de ses talents. Gamberetto, fort des sommes qu'Anne-Charlotte lui avait versées sur son compte, trouva intéressant de lui financer ses études de médecine à l'université d'Harvard, en échange d'une promesse : Kumar devait suivre la voie qui permettrait de ranimer le flambeau qu'Anne-Charlotte avait allumé avant de délibérément l'éteindre. Parallèlement, alors que Kumar débutait son doctorat, Bertrand, d'une manière tout à fait inattendue, était parvenu à entrer en contact avec Gamberetto et à s'associer avec lui afin de relancer le projet de production de composites. Le laboratoire de la Zarzuela fut reconstruit, les matériaux humains et animaux nécessaires furent acheminés vers le Paraguay, et Kumar, depuis moins d'un mois désormais, venait de commencer les expérimentations.

– J'aurais dû me douter que cette enflure de Bertrand ne renoncerait pas si facilement, dit-elle, en se prenant la figure dans les mains.

– J'aurai bientôt une semblable à aimer, ce qui devrait vous réjouir, chère mère, si réellement vous m'aimez.

Anne-Charlotte éclata d'un rire mauvais, qui, soudain, se changea en un violent sanglot. Lui-même, les yeux noyés de larmes, prétendit vouloir se réconcilier avec elle. Elle lui dit qu'il était un monstre, non point tant dans son apparence que dans ses actes, et qu'elle ne lui pardonnerait jamais les abominations dont il s'était rendu coupable. Il précisa qu'elle s'était montrée injuste avec lui, et que, n'étant pas humain, il avait bien du mal à se sentir véritablement concerné par la souffrance humaine. Avec une volonté de la provoquer, il prit comme point de comparaison la grippe aviaire et les abattages de masse que chaque épidémie entraînait dans les élevages. Quand des vies humaines étaient supprimées, par sa faute ou non, il s'affirmait aussi peu affecté que s'il s'était agi de volaille.

– La sympathie d'un humain pour un poulet équivaut à la mienne pour un humain. Comprenez-vous, chère mère ? Outre qu'on ne m'a pas élevé dans un esprit de sensiblerie, il se trouve que je ne suis pas de votre espèce. Il n'y a personne, sinon dans les livres, à qui je puisse m'identifier véritablement, et pour qui puisse vibrer chez moi un sentiment sympathique. C'est pourquoi, bien que je sois capable de concevoir théoriquement votre tristesse, il m'a toujours été impossible de la ressentir, et c'est avec une confortable légèreté d'âme qu'à chaque occasion j'ai éliminé tel ou tel de vos proches. Ne me parlez pas de meurtres, d'assassinats, de monstruosités, tout cela n'est pour moi qu'abstraction. Assassine-t-on un poulet ? œuvrant avant tout pour l'intérêt de mon espèce, qui se trouve, puisque je suis absolument seul, coïncider avec mon intérêt personnel, je n'ai fait qu'appliquer la seule méthode susceptible de vous faire plier. Et cela exigeait d'abattre votre volaille chérie.

Il la regarda sangloter, assise sur sa chaise pliante.

– Il me tarde tant de connaître mon amoureuse, murmura-t-il, comme pour lui-même, d'autant que j'avance en âge. Le bon côté, dirais-je, est que je pourrai me flatter d'avoir à mon bras une compagne bien plus jeune que moi !

– Mais à mon égard, Gambi, tes sentiments sont bien réels, n'est-ce pas ?

– Oh, mère ! Mais bien sûr, j'exagère, car votre souffrance à vous, évidemment, celle-là je la ressens ! Nul en ce monde n'est aussi prompt que vous à me briser le cœur. Et nul comme vous ne sait si bien le recueillir et l'apaiser. Comme je vous aime, en effet, et vous le savez bien !

– Alors pourquoi tant de mort ?

A cette question, Gamberetto resta silencieux, déposa un vaste chapeau de pluie sur sa crinière, lâcha son dernier mégot dans la boîte de conserve, tapota l'épaule d'Anne-Charlotte et s'en fut avant qu'elle pût apercevoir l'humidité de ses yeux.

21

A Ciudad del Este, Paraguay, le ciel était gris, Baldassare, et tu avais depuis ta chambre climatisée une vue surchargée, oppressante, et en même temps grouillant de vie, de saleté et d'usure. Vêtements et accessoires de mode, audiovisuel, informatique, jeux et jouets, faux papiers, faux billets, armes à feu, drogues, médicaments, véhicules en tout genre, le Paraguay fournissait ici depuis un siècle Brésil et Argentine en tout ce qui pouvait être contrefait, c'est-à-dire un double interlope des innombrables artefacts de l'*homo consumericus*. La terre riche en latérite qui couvrait de poussière rouge les rues, les places, les parkings, les rebords de fenêtres, confortait l'endroit dans son aspect de ville en chantier perpétuel, où bourdonnaient des milliers de moto-taxi jaunes dont les pilotes, des Guaranis, des métis souvent le visage balafré, les dents mauvaises, causaient, attendaient, harcelaient le chaland au milieu d'un chassé-croisé de chariots débordant de cartons poussés par une main d'œuvre en chemisette, et de pétoires et de guimbardes mêlées à des berlines modernes sans chauffeurs circulant au ralentis. L'air ambiant, dans sa moiteur, portait en lui un esprit qu'il semblait avoir puisé dans la forêt sordide des rives du Paraná, sur le dos de quelque reptile au poison fulgurant. Quand tu ouvrais la fenêtre pour éventer les cendres de ta cigarette Kentucky, ça sentait l'éthanol, l'*asado* et le plastique brûlé. Tu avais remarqué une chose : quand vous aviez passé la frontière par le Pont de l'Amitié qui relie Foz do Iguaçu et Ciudad del Este, toi et la vieille Anne-Charlotte, nul n'avait pris la peine de contrôler vos passeports. Il ne fallait pas contrarier le va et vient des marchandises. Mais parfait, cela convenait à Anne-Charlotte, qui redoutait d'être interceptée. Elle t'avait raconté comment, après la visite de Gamberetto dans le bidonville florentin, elle avait longuement pleuré, et comment, à ce moment-là, elle avait été à deux doigts d'aller se jeter dans les tourbillons de l'Arno. Puis la rage avait submergé sa peine. Elle devait rester en vie et empêcher Bertrand et Gamberetto d'atteindre leur objectif. Certes, ce jeune prodige indien, ce Kumar, même avec un laboratoire tout neuf et des équipements de pointe, serait bien en peine de produire une créature suffisamment proche génétiquement de Gamberetto pour lui être sexuellement complémentaire. Il lui faudrait de longues années avant d'aboutir. Ensuite, à supposer qu'il réussisse un jour, une fois née, il faudrait attendre que la nouvelle créature soit en âge de procréer, et que l'union soit fertile. Gamberetto avait déjà trente ans, et bien qu'Anne-Charlotte ne dispose pas d'éléments objectifs lui permettant de connaître l'espérance de vie d'un tel hybride, elle supposait, à la fois pour avoir observé sa vitesse de croissance et l'évolution de sa physionomie ces dernières années, que le métabolisme d'un tel organisme devait déterminer une existence plus brève que celle d'un être humain moyen. Aussi, Gamberetto ne connaîtrait-il peut-être pas de son vivant le bonheur d'un accouplement fructueux. Cependant, Anne-Charlotte avait laissé quelque chose à la Zarzuela. Un élément crucial, essentiel, capable de changer la donne. Et elle ne doutait pas que si, par malheur, Kumar mettait la main dessus, il parviendrait rapidement à ses fins. C'était cet élément qu'elle devait retrouver et détruire.

Depuis son bidonville, elle avait cherché comment quitter l'Italie, traverser l'océan, gagner l'Amérique et, grâce à un voisin ancien docker avec qui elle était associée dans un modeste et local trafic d'antidépresseurs, avait enfin trouvé l'idée, certes périlleuse, de se faire transporter clandestinement à l'intérieur d'une caisse. Après un long et pénible voyage, tes hommes, Baldassare, l'avaient découverte dans la cale du Njörd VII, prêts à la livrer à la police des frontières, et heureusement pour Anne-Charlotte et, probablement aussi, sans forfanterie, pour contribuer à la lutte du bien contre le mal, c'était toi, Baldassare, c'était toi, avec ton anneau d'or à l'oreille et ton vieux tatouage violacé de manticore, gueule de monstre émergeant de ta nuque, le valeureux capitaine qui avait empêché les marins d'arrêter la vieille dame dans sa noble mission ! Baldassare, le soir, devant une tablée de mezzé située en bas de l'hôtel, dans un centre commercial, en face d'un magasin d'intelligence artificielle où quelques jeunes hommes semblaient s'intéresser à des collégiennes aguicheuses en réalité virtuelle qu'on vendait là sous des cloches de verre, Anne-Charlotte te rejoignit, vêtue d'un élégant survêtement gris, probablement une contrefaçon acquise lors de sa virée shopping de l'après-midi. D'un air anxieux, elle te demanda si tu avais bien réservé le quatre-quatre électrique pour le lendemain.

–Vous n'avez pas pris un autonome, n'est-ce pas ? Les autonomes sont tous connectés et on est tracé partout où l'on va.

– Non. C'est un hors-connexion, à conduire soi-même. C'est une option payante.

–Parfait. Nous partirons dès l'ouverture de la location. J'ai acheté de quoi pique-niquer, et puis ça...

Le visage crispé, sillonné de rides fortement dessinées qui d'ordinaire se courbaient et se plissaient au gré de ses expressions, elle fouilla dans le vaste sac en papier qu'elle avait à ses pieds et dévoila, entre ses mains, un revolver enroulé dans un pull-over mauve à paillettes, les deux articles portant encore leur étiquette.

– Juste au cas où, dit-elle en souriant.

– Bon, dis-tu, Baldassare, en lui rendant son sourire, donc demain, direction la Zarzuela, ça j'ai compris. Mais vous ne m'avez toujours pas dit ce qu'est cette chose que vous devez détruire...

– Eh bien, quand j'ai quitté le Paraguay il y a vingt-cinq ans, j'ai oublié dans le coffre-fort dissimulé dans un mur de ma chambre une clef USB... Cette clef contient une copie, en fait l'unique exemplaire existant – car j'ai détruit l'original – du programme informatique que j'ai moi-même créé pour élaborer et fixer le génome de Gamberetto. Grâce à ce programme, il serait possible à un biologiste ingénieux, comme semble l'être ce Kumar, soit de mettre au monde une réplique, un clone de Gamberetto, soit, en modifiant quelques paramètres, de lui obtenir une femelle. Il est donc indispensable que je détruise cette clef, et peut-être davantage...

Elle resta évasive. Ces paroles ne te surprirent pas, car tu avais bien conscience que le processus dans lequel tu t'étais investi auprès d'Anne-Charlotte n'était pas une bagatelle. Tu avais peur, certes, et tu pensas à ta femme Giuliana, avec qui tu venais de vivre une réconciliation en visio durant l'après-midi, à ta fille Ornella, qu'il te tardait ardemment de serrer dans tes bras, mais tu souris et, de ta main sûre et robuste, couvrit celle, fine et tachée, de la vieille Anne-Charlotte.

22

Après deux heures sur les deux fois deux voies de la Ruta 2 au volant d'un quatre-quatre Shuanghuan, tu sentis qu'Anne-Charlotte, qui avait baissé en arrière son dossier de siège, ne dormait pas. Les yeux clos, elle bougeait la tête, fronçait par moment les sourcils. De fins cheveux à son front voletaient dans le souffle frais de la climatisation. La route était droite, sous un ciel bas, un voile de nuages. Tu songeas à ce que tu avais lu, la veille, dans ta chambre d'hôtel, à propos de l'histoire du Paraguay. Entre 1864 et 1870, s'était déroulée dans cette région du monde la terrible guerre de la Triple Alliance. Le modeste Paraguay, affrontant en dépit de tout sens de la mesure la coalition du Brésil, de l'Argentine et de l'Uruguay, avait vu périr alors la moitié, voire les deux tiers de sa population. Il te vint à l'esprit qu'un projet de créature censée guerroyer à la place de l'homme, au sein de ce pays marqué par le massacre, n'était pas dénué de sens. Et tu comprenais que sa réalisation, loin d'être une libération et une pacification de l'homme, ne ferait au contraire que mener l'humanité vers davantage de chaos.

Anne-Charlotte finit par abandonner sa tentative de sieste, s'étira, saisit dans la boîte à gants un paquet de Rothmans et te confia n'être pas sûre de son plan. Elle ignorait absolument ce que pouvait être désormais la réalité de la Zarzuela, et il faudrait sans doute improviser. Il se pouvait que le domaine soit devenu une forteresse, un bunker protégé par des drones. Dans ce cas, il lui faudrait montrer patte blanche, déclarer qu'elle avait changé d'avis, qu'elle voulait enfin raccrocher son génie à l'accomplissement de cette mirifique entreprise. Gamberetto lui avait bien signifié qu'il n'était pas trop tard pour qu'elle se joigne à l'équipe de Kumar. Ainsi, elle pourrait s'infiltrer et mener à bien son opération : récupérer la clef, tuer Kumar, basta. Ce qui impliquait de prendre du temps. Et toi, Baldassare, qui avais imaginé simplement l'attendre dans la voiture tandis qu'elle expédierait sa mission, tu devrais t'adapter à un autre scénario. Elle devrait probablement attendre une entrevue avec Gamberetto, voire avec ce traître de Bertrand, persuader les deux associés de ses bonnes intentions, et finement les berner. Feindre et faire risette ne serait pas facile. Elle te dit qu'elle ne savait pas si, à son âge, après toutes les épreuves qu'elle avait endurées, elle trouverait la force de mener à bien une intervention émotionnellement si coûteuse.

Baldassare, tu fus toi-même inquiet : après avoir contourné Acunción par le nord et pris la Ruta Transchaco, plus vous approchiez du site, plus Anne-Charlotte, dans sa gestuelle, sa manière de tripoter son paquet de cigarettes, de rajuster sans cesse le dossier de son siège, son discours plein d'appréhensions, de supputations compliquées, te semblait fragile. Quand tu croisais furtivement son regard en tournant la tête, tu sentais comme la sédimentation du malheur sur son existence.

Après trois quarts d'heure sur la Transchaco, vous roulâtes encore environ une heure à travers un territoire plan d'immenses plantations de ce qui te sembla être du soja, exclusivement, sur des milliers d'hectares, puis de ce que tu identifias sans peine, toi le capitaine, l'homme de la mer, qui n'ignore pas tout à fait le grain de la campagne, comme étant du sorgho. Puis ce furent des étendues de vaches et de buffles, ponctuées de palmeraies, de fermes à hauts silos, de hameaux mennonites et, sur un coteau de collines douces, d'impressionnants champs de cannabis. Tout cela presque sans croiser âme qui vive.

Enfin, Anne-Charlotte t'annonça l'apparition de la Zarzuela. L'arche de béton qu'elle t'avait décrite comme « jaune d'œuf » – tu te souvenais qu'elle avait insisté, avec un apparent plaisir, sur cette couleur d'œuf – était devenue gris pâle, et surnageait dans la broussaille près d'une épave de tracteur. L'herbe haute et verte de la plaine avait envahi le chemin. Nul bunker dans le paysage, le laboratoire restait la ruine qu'elle avait laissée, amas de gravats noircis et de tôle tordue qui désormais dormait dans les ronces. La chaumière était toujours en place, quoiqu'un pan du chaume, semblant avoir été soulevé par un ouragan, gisait au pied du porche dans la cour. Le toit s'était affaissé au centre, des arbustes avaient poussé dessus. A une cinquantaine de mètres à l'est, l'immeuble de deux étages semblait n'être plus qu'un condominium pour serpents. Plus loin, l'enclos de Gamberetto, qui avait conservé ses hauts murs intacts, n'affichait comme signe d'abandon qu'une végétation hirsute sur son chemin de ronde. Anne-Charlotte se précipita vers la maison. Tu garas le quatre-quatre et la suivis.

A deux pas de l'entrée, des lambeaux de rubans de balisage blanchis au fil du temps accrochés dans un roncier flottaient au vent léger. Tu remarquas, enfouie dans le même roncier, une petite croix de bois d'un blanc verdi. Probablement le petit Albert devait-il reposer là-dessous. A l'intérieur, dans le salon, un manguier avait poussé à travers le parquet défoncé. Le vieux piano était toujours là, couvert de lierre et habité par une colonie de ce qui te sembla être des campagnols.-Prudemment, en vous aidant des mains, car une marche véreuse s'était affaissée sous ton pied, vous montâtes dans la chambre, où était censée se trouver la cache de la clef USB. A l'étage, la chaleur était étouffante. Du plafond crevé, des lianes, des racines pendaient. On apercevait la charpente et le ciel blanc par un trou zébré de tiges de chaume. Des galopades se firent entendre dans le grenier, peut-être une famille de rats. Le plancher, les quelques meubles, le lit, étaient couverts de fientes d'oiseaux, de feuilles sèches, de plumes égarées. Il y avait des photos accrochées aux murs. Anne-Charlotte te montra Jérôme, en Grand Uniforme ; le même Jérôme, version humoristique, en bras de chemise, passant l'aspirateur sous un canapé en le soulevant d’une main. Il y avait des photos des enfants posant devant les murs bariolés de la Boca, à Buenos Aires, jouant dans la cour, tenant des cannes à pêche au bord d'une rivière. Elle t'indiqua les trois rectangles plus clairs sur les murs comme étant des traces de cadres enlevés après son départ, ceux où avait figuré Gamberetto bébé.

Avançant voûtée, comme par crainte que le toit ne s’effondre subitement, elle parcourait la pièce à tâtons. Elle ouvrit bientôt une penderie, toujours pleine de vêtements. Elle souleva une pile de chemises mitées ayant appartenu à Jérôme, la déposa au sol, puis s'enfonça dans la penderie pour détacher une planche qui se trouvait au fond. Elle recula, la planche en main, et te montra, à l'intérieur, un coffre-fort encastré dans le mur. Tu remarquas tout de suite qu'il avait été percé, d'un trou net, et que la porte bâillait légèrement. D'un geste fébrile, Anne-Charlotte en tira une boîte en carton, du genre de celles qui contiennent cinq ramettes de cinq cents feuilles de papier. Dedans, vous ne découvrîtes pas de clef USB, mais une pile d'une trentaine de cahiers d'écolier hétéroclites, dont tu pus noter plus tard qu'ils étaient classés par ordre chronologique, de l'année 2029 jusqu'aux jours derniers.

Journal d'une chimère
(morceaux choisis)

14 janvier 2029

Soir de pluie, forêt infestée de moustiques ; aujourd'hui à l'aube, grâce à l'échelle que j'ai fabriquée à partir du tronc sec d'un kapokier mort, j'ai de nouveau fugué. Ils ne s'aperçoivent de rien. Les fois précédentes, je l'ai fait de nuit, après les visites de Père-Enseignant. Aujourd'hui, j'ai décidé de découvrir les environs de jour, mère m'ayant affirmé qu'elle ne me rendrait pas visite. Fuguer m'est facile : je saute dans la douve en emportant mon échelle de kapokier, que j'enfonce dans le fond de l'eau. Je grimpe en haut du mur, sur le chemin de ronde, et je fais passer l'échelle par-dessus. Puis je descends de l'autre côté et, comme je l'abandonne et qu'elle a tout l'air d'un arbre mort à plat dans les herbes, nul ne la remarque. Au retour, chemin inverse, et je la remise dans le bois près de ma cabane, parmi les bananiers.

Je viens de rentrer à mon domaine, Père-Enseignant devrait bientôt arriver avec sa serviette remplie de livres. Fuguer est un divertissement, car entre ces murs, je m'ennuie. Auparavant – depuis que mère m'a ordonné de rester ici – , je passais mes journées à pleurer de déception, de rage, de détresse dans le trou d'un gros arbre ventru à l'écorce épineuse appelé ici « palo borracho » ou « árbol botella » (bâton ivre ou arbre bouteille), dont la belle floraison rose s'est éparpillée au vent. Dehors, dans la forêt, je m'alimente de ce que je trouve : feuilles de bromelia, chair d'agaves, mangues, papayes, ananas, jaques, bergamotes… Je me fraie des chemins, brise des branchettes, observe la nature, grogne, jure, tout est amusant, sauf quand les ocelots, les pumas, et surtout le jaguar, viennent me chercher des noises. Je déteste me battre et ne goûte pas leur chair.

En rôdant dans les marais, à l'aube, j'ai découvert toutes sortes de bêtes venues là s'abreuver : tapirs, tatous, agoutis, capybaras, pécaris, loups à crinière.

Des nandous, des guanacos, qui paissaient tranquillement la broussaille, ont détalé à la vue de ma crinière rousse. J'ai beau chercher l'amitié de la faune, les herbivores, les ruminants, les rongeurs, les oiseaux, n'éprouvent à ma vue que défiance, tandis que d'autres, comme ce satané jaguar, n'attendent qu'un moment d'inattention de ma part pour me bondir à la tête. « Friiicht ! », ai-je l'habitude de siffler en enfouissant dans le sable mes crottins afin de n'être pas repéré par les indésirables prédateurs et les proies trop peureuses. « Friiicht ! », répété-je quand je suis assailli au bord de l'eau par des nuées de moustiques et quand je me souviens des moments agréables de ma vie passée, du linge blanc suspendu au soleil, des jeux de balle avec mes frères humains dans la cour de la Zarzuela. Mère m'a mis à l'écart, mais je sais qu'elle ne cesse de m'aimer d'un amour inconditionnel. Du moins je l'espère. En tout cas, j'aime quand elle vient me chercher pour m'amener au laboratoire. C'est du temps précieux passé avec elle. Et puis, il y a toujours Père-Enseignant et ses livres.

Ce que je voulais signaler aujourd'hui, cher journal, c'est l'histoire qui m'est arrivée cet après-midi : après ma sieste en forêt, j'ai marché vers un endroit d'où provenaient des bruits d'engins. La forêt s'arrêtait là, nette. Il y avait des hommes, des bulldozers et une vaste étendue de souches et d'arbres abattus. D'une humeur mitigée après ma sieste, mais, je crois, m'efforçant de sourire, j'ai avancé vers un premier groupe d'hommes qui tronçonnaient des billes de quebracho. Les bûcherons se sont enfuis en hurlant. Un deuxième groupe à l'arrière d'un pick-up m'a tiré des coups de fusil. J'en ai hurlé de rage, puis je suis reparti vers le sud, vers ma maison. J'ai traversé les plantations de soja, les immenses pâturages et, au bord d'une route, pas loin de la Zarzuela, j'ai aperçu des femmes en robes longues et tabliers à l'arrière d'un camion de lait, qui là aussi ont hurlé avant de se ruer dans la cabine du camion.

Pourquoi les gens sont-ils si craintifs ? Qu'ont-ils contre moi et pourquoi me rejettent-ils de la sorte, moi qui n'ai rien fait de pire que de m'interroger sur le pourquoi de mes bonnes intentions envers eux ?

La vie n'est pas simple. Je suis jeune et énergique, mais dès que me gagne la fatigue, je me sens envahi par la mélancolie. J'aimerais un jour atteindre la rivière qui dessine la frontière entre mon pays le

Paraguay et l'Argentine, ce Pilcomayo où, jadis, comme me l'a raconté Père-Enseignant, l'explorateur Jules Crevaux fut capturé et dévoré par des Indiens.

8 juillet 2029

« Tu as quatre ans aujourd'hui », c'est ce que m'a annoncé ce soir Père-Enseignant, avec un air faussement jovial. Il n'est pas resté longtemps. Il semble pressé, ces temps-ci, et l'esprit souvent inquiet, accaparé. Il dit avoir des choses à faire. Je ne sais pas ce qu'il peut avoir d'important comme ça dans la nuit. Il a quand même eu l'attention délicate de m'apporter de nouveaux cahiers, car il a remarqué que celui que j'utilise est déjà moitié rempli. Comme autre cadeau, j'ai eu droit à la nouvelle *Construire un feu*, de Jack London. J'en ai lu trois pages tout à l'heure et maintenant le livre m'attend, là, sur la natte. Dès la première page, on sent, on est saisi, on sait qu'on a entre les mains un chef-d'œuvre. Mystérieuse puissance de la littérature. Les grands livres, je les reconnais au vertige qu'ils me procurent. Il y a un moment où l'assemblage des mots dans sa folle beauté nous enivre, et l'on est dépassé.

J'aime bien Père-Enseignant. J'aime aussi mère, mais nos rapports sont épineux. J'aime les garçons, Arthur, Charlie, Albert, d'un amour égal entre eux. Mais je ne peux plus jouer avec eux. Je discute, juste, à distance. Ils me manquent. Parfois ils viennent pêcher, depuis là-haut sur le chemin de ronde, les poissons de la douve. Ils ont ce chien, Gimlet. J'aimerais bien le caresser. Il existe deux autres personnes dont l'absence, je crois, bien que je n'aie aucun souvenir d'elles, me pèse sur le moral. La première a été ma nourrice depuis ma naissance jusqu'à mes trois ans à peu près, soit il y a à peine un an, ce qui me semble une éternité. Elle s'appelle (s'appelait?) Irupé et c'est elle, selon Père-Enseignant, la première à qui j'ai dit « maman ». Mère a dû se sentir blessée ce jour-là, et je ne peux m'empêcher de m'en vouloir, même si, évidemment, il est injuste de blâmer le bébé que j'étais. Il paraît qu'Irupé et moi, nous étions très proches l'un de l'autre. C'est pour ça qu'elle me manque. La deuxième personne dont je ressens l'absence n'était qu'un bébé, une petite créature femelle que j'ai, de ce qu'on m'en a raconté, vu mourir sous mes yeux. Nul souvenir, mais sans doute quelque flèche invisible sera restée fichée dans le socle primitif de ma mémoire. Il reste que ces deux absences, dont quelque trace reste probablement ensevelie dans les sables de mon âme, ont certainement à voir avec ce trouble indéfinissable et douloureux qui m'englue toujours plus ou moins, et dont je n'arrive jamais à me débarrasser tout à fait.

Ce que je dois à Père-Enseignant, c'est de savoir lire et écrire. J'ai aussi grâce à lui quelques notions en mathématiques, en histoire et en géographie. Tout cela est grand, et m'aide à vivre une existence plus riche, dans la mesure où mon monde sensible n'est pas seulement celui que l'on voit, touche, sent, goûte et entend. Grâce à Père-Enseignant et aux livres, mon monde sensible s'est étendu, par l'intellect et l'imaginaire, au vaste domaine des pensées. Une existence enrichie de la sorte est-elle une existence plus heureuse ? J'ai parfois le sentiment que l'appréhension de l'univers se prête mieux aux têtes pleines de vent.

Construire un feu, oh, comme je suis content, là, maintenant ! Avant de rouvrir le précieux volume, je termine ce que j'ai à écrire ici. J'adopterai ensuite – et je m'en frotte déjà les mains –, une série de dispositions plaisantes : natte astiquée, propre, un oreiller bien tapé, époussetage de ma lampe de chevet, je me confirmerai psychologiquement exempt de toute tracasserie domestique, dînerai d'une soupe de potiron et d'une portion de Vache-qui-rit, bref, soignerai la préparation mentale et matérielle à l'agréable moment où j'entamerai l'ouvrage ! Oh, l'état d'esprit dans lequel je sortirai d'un délicieux bain frais dans la douve, pour rentrer chez moi saisir, à cette heure avancée de la nuit, l'objet sur ma natte, et enfin me blottir bien douillet, est un excellent état d'esprit ! Comme je suis content, pétri par la douceur frémissante de l'instant !

Pour mon âge, j'ai déjà lu pas mal. Si je n'ai encore pas osé entamer la correspondance de Voltaire qu'il me semble posséder depuis toujours en édition Pléiade tout en haut de ma bibliothèque, j'ai en revanche dévoré une autre pléiade, celle des *Petit ours brun* et des *T'choupi*, notamment *T'choupi se dispute avec papa*, de Thierry Courtin, dont je n'ai pas voulu me débarrasser quand il a fallu trier. Une œuvre qui, en plus d'émotions fortes, m'a apporté quelque chose d'intéressant, car bien que dépourvu de père véritable, je me suis aperçu que je n'avais aucun mal à m'identifier au personnage de T'choupi. Ensuite, *Où est passé le petit chien ?* D'Alex Sanders et Pierrick Bisinski, *La ferme de Titus*, de Luce-Andrée Lagarde et J. Barnabé-Dauvister, avec cette phrase que Père-Enseignant, du temps où c'est lui qui me le lisait, se délectait de prononcer : « Quel grand coeur, ce Titus ! » ; *Mes amis oursons* de Pierre Couronne, *D'accord ?* De Delfine. J'ai adoré aussi *Bill, le petit cow-boy*, de Pascale Bourgoing et Yves Beaujard, *Oliver et Compagnie* de Walt Disney, *Je veux un gros câlin*, de Pierrick Bisinski (encore lui!) : « Un gros câlin de la souris ? Non, elle est bien trop petite ! ». J'admire toujours le minimalisme limpide de Byron Barton dans *Ma maison*, *Construire une maison* et *La petite poule rousse* ; j'ai beaucoup appris de la série *Je cherche mes mots avec...* (*Jérôme le chat*, *Nicolas le renard*, *Julie la souris*). Quand je regarde dans le bas de ma bibliothèque, j'ai de bons souvenirs aussi de *Poka et Mine au cinéma* de Kitty Crowther, *Petite taupe, ouvre-moi ta porte !* d'Orianne Lallemand et Claire Frossard ou bien encore, toujours dans l'univers fouisseur, l'incontournable *De la petite taupe qui voulait savoir qui lui avait fait sur la tête*, de Werner Holzwarth et Wolf Erlbruch ; j'ai aussi bien aimé

L'encyclo photo de Moustillon : Les animaux de la ferme ; tiens, il y a celui-là également, qui ressemble à un rêve : *L'oiseau à miel*, d'April Pulley Sayre et S.D. Schindler ; *César*, aussi, de Grégoire Solotareff (où apparaît encore la figure du père, et où je me rappelle avoir interrogé Père-Enseignant à propos des larmes de l'oiseau, quand il quitte son père, car je voulais être bien sûr d'en saisir la cause). *La sieste de Moussa* de Zemanel et Madeleine Brunelet, j'aime bien aussi. Oh, et puis l'indispensable série des *Petit Pierre*, de Dominique Garros ! Excellent ! Et même si, à cause de sa taille, je suis obligé de le ranger à l'horizontale dans ma bibliothèque, c'est un délectable sentiment de régression qui me traverse quand il m'arrive de feuilleter *Mon grand livre des véhicules de secours* de Caroline Bingham, traduction de Robert Giraud. Bref. Un peu plus tard, je suis passé aux *J'aime lire*, avec notamment *Tom-Tom et Nana* ; j'ai lu tous les *Chien pourri* en date de Colas Gutman et Marc Boutavant, et la collection du *Chat assassin* d'Anne Fine, puis le *Journal d'un dégonflé* de Jeff Kiney et *Le hollandais sans peine* de Marie-Aude Murail ; mon premier Jack London, émotion magnifique avec *L'Appel de la forêt*, puis *Croc-Blanc* ; j'ai aussi quelques *Ducobu*, de Zidrou, qui sont rigolos ; dans ce domaine de la BD, j'ai un étage spécial avec presque tous les *Tintin*, cinq *Astérix*, le même nombre de *Gaston Lagaffe*. J'aime bien également la série des *Légendaires*, où les personnages sont tous des hybrides, un peu comme moi. Plus récemment, je me suis initié au manga (c'est Arthur qui m'en a lancé quelques-uns des siens depuis le chemin de ronde), avec les shonens *Demon Slayer* de Koyoharu Gotoge, *Sword Art Online* de Reki Kawahara et quelques *One Piece* d'Eiichir? Oda (mangaka de légende monstrueusement fertile, mais j'accroche moyennement) et le seinen des *Carnets de l'apothicaire*, de Nanao et Natsu Hyuga que je trouve divertissant. En dehors de ça, j'ai peut-être quarante kilos de Mickey Parade et de Picsou Géant, sorte de doudous littéraires que je compulse dès que j'ai le spleen, ce qui, je l'avoue, m'arrive ces temps-ci plus souvent qu'à mon tour.

11 janvier 2030

Ce matin, alors que j'étais en train de lire tranquillement le roman *En finir avec Eddy Bellegueule*, d'Edouard Louis, couché le ventre contre un rocher du bord de la douve, et que je m'identifiais avec un intense plaisir de lecture à ce personnage de jeune garçon rejeté, mère a cru bon de me lancer une fléchette hypodermique entre les omoplates. Elle devrait savoir que rien ne l'y oblige, mais pour lui être agréable, j'ai fait semblant de dormir et me suis laissé transporter, dans une brouette, jusqu'à son laboratoire.

J'aime le laboratoire. Le hall d'entrée renferme un gros aquarium aux vitres verdies et maculées de traces de doigts. Dedans, s'agitent lentement des objets étranges. Sur un sol sablonneux, dans une eau limoneuse, s'épanouissent des formes mauves longilignes comme des algues, d'autres rappelant des polypes, roses, bruns, jaunâtres, des champignons, des hernies, des madrépores, des vers cannelés ou des membres fœtaux. Mère m'a expliqué qu'il s'agit d'une création en hommage à Stéphane Leduc, médecin français de la faculté de Nantes qui, au tout début du vingtième siècle, créa, à partir d'éléments minéraux, un paysage semblable à la vie. Une solution de silicate de sodium concentrée et un cristal de chlorure de cobalt sur des sels de nickel donnaient une apparence de vie saisissante à ces « jardins chimiques », sortes de précipités évolutifs, nuages en mouvement dans l'eau, autrement appelés « croissances osmotiques ». Dans la version de mère, il suffit de s'approcher de la paroi et de murmurer quelque chose. Alors les formes se mettent en branle, l'eau se trouble. Des algues s'enroulent entre elles, puis des silhouettes ressemblant à des fœtus se dilatent, s'étalent dans l'espace, dans un nuage de bulles, et tout le paysage s'agrège en petits blocs formant des lettres, puis la phrase que l'on a murmuré. La première fois, c'était : « Bienvenue chez toi, Gamberetto. » Il s'agit en fait d'un ordinateur biologique composé de micro-algues qui interagissent entre elles en formant des précipités. On ne peut pas en faire grand chose d'autre. Il n'est capable que d'opérations très simples comme écrire. Ecrire des phrases d'accueil, des phrases de paillasson.

Après le hall d'entrée et son aquarium, il y a un long couloir, qui donne sur deux bureaux ornés de plantes et couverts, dans un grand désordre du sol au plafond, de piles de livres et de papiers, puis une salle de réunion aux tables poussiéreuses, équipée d'un rétroprojecteur qui semble peu servir, une salle contenant des tables et des ordinateurs et, au fond, près d'un distributeur de boissons et de l'escalier qui descend au sous-sol, où se trouvent la réserve en matériel et les serveurs informatiques, il y a la grande salle d'expériences, avec ses paillasses, sa verrerie hétéroclite, ses frigos, son mobilier blanc. Posés çà-et-là sur les meubles, de petits aquariums contiennent des créatures vacillant, ondulant dans l'eau. L'une d'elles, verte, ample, rotonde et grasse, rappelle la silhouette d'un éléphant, dont les jambes et le ventre se seraient prolongés en un faisceau de racines fines et rouges comme des capillaires sanguins plongeant profondément dans le sable. Dans un autre aquarium, au milieu d'un organisme ressemblant à une feuille d'érable plate et nervurée, cligne un petit œil brillant de tristesse qui vous regarde passer. D'autres de ces monstres végétaux ressemblent à des chats, des chiens, des vaches. Un aquarium contient un tas de poules violettes au tégument luisant qui virevoltent dans l'eau en dandinant de la tête; dans un autre, dansent des macaques semblant composés de coquillages mous agglutinés. Ces « animalgues », ainsi qu'elle les a baptisés, sont le violon d'Ingres de mère. On trouve de ces petits aquariums jusque dans l'espace exigu des toilettes où, dans une dizaine de bocaux alignés sur une étagère, baignent d'étranges bébés possédant l'épiderme crénelé de lombrics, reluisant dans un éclairage bleuté.

Si j'aime le laboratoire, toutefois, ce n'est pas tant à cause de cet univers fantasmagorique que l'on y trouve, que parce que chaque fois que j'y vais, quand elle juge que j'ai le bon comportement, mère s'assied auprès de moi et me laisse lui brosser les cheveux. J'aime ses cheveux longs grisonnants. Il m'arrive d'y passer le dos de mes griffes, ce qu'elle trouve « très gentil ». Ensemble, nous parlons de l'avenir, de la petite amie qu'elle va me donner bientôt, et j'ai tellement hâte. C'est l'un des rares moments de tendresse et de proximité que nous partageons tous les deux au quotidien, et en cela il m'est infiniment précieux.

Donc, ce matin, j'étais en train de feindre de dormir, quand mère m'a allongé sur une paillasse, m'a entravé bras, jambes et cou, branché à l'électrocardiogramme, m'a relié à une poche de perfusion et, sans crier gare, je l'ai vu de mes yeux légèrement entrouverts, m'a tranché l'avant-bras gauche avec un hachoir. Je n'ai pas pu continuer de faire semblant, et un cri, un « Friiicht ! » m'a échappé, puis je me suis senti partir.

A mon réveil, je n'avais pas mal, mais il me manquait mon avant-bras gauche. Mère me regardait, les larmes aux yeux :

– Désolée, mon enfant, il fallait que je m'assure de quelque chose. Je ne te ferai plus de mal, promis.

Elle m'a baisé le front, j'ai frissonné, puis elle s'est absentée environ deux heures, me laissant là, sans bouger, attaché à ma paillasse. Je n'étais pas tout seul, elle m'avait mis en fond sonore un concerto brandebourgeois de Bach et confié une petite télécommande afin d'alerter, en cas d'urgence, l'une des deux techniciennes qui travaillaient à côté dans les bureaux.

En revenant, constatant que j'avais bon appétit devant la feijoada que l'une des techniciennes me donnait à manger à la cuillère, elle m'a dit :

– Bon, vu que tu as l'air de bien te remettre, je peux te l'annoncer : Jérôme ne reviendra pas. Tu ne le verras plus.

Allongé dans le lit avec mon moignon, je suis resté interloqué. En effet, voilà une dizaine de nuits que Père-Enseignant n'est pas venu me voir. Est-ce donc qu'il m'a abandonné ? Elle-même semblait préoccupée. Elle avait le teint pâle, les yeux creusés et un peu de maquillage avait bavé autour. J'ai voulu poser une question, qu'elle a interrompue d'un geste de la main.

– Ecoute, je suis très occupée avec les garçons. Ils me... On en parlera plus tard si tu y tiens, mais là, franchement...

A l'aide d'une seringue, elle m'a injecté ensuite une dose de somnifère dans le cou, et je n'ai cette fois pas eu à feindre le sommeil, car j'étais vraiment fatigué.

Ce soir, de retour à la cabane, je suis toujours fatigué, et inquiet, non seulement à cause de ce mystère de l'absence de Père-Enseignant, mais aussi pour mère, qui ne m'a pas l'air dans son assiette.

J'ai somnolé après dîner. Mon moignon est déjà bien sec, j'ai enlevé le pansement. Très bizarre : quand je me suis préparé une omelette, tout à l'heure, de même que quand j'ai lavé ma vaisselle dans la douve, mes gestes étaient maladroits, car machinalement je procédais comme si j'avais encore ma main gauche, alors qu'elle n'est plus guère qu'un fantôme qui s'ignore.

21 mars 2030

Je reviens d'une brève période de cavale en forêt, suite à l'énorme bêtise que j'ai commise. Une énorme bêtise, mais j'étais hors de moi, débordé par un sentiment viscéral, brûlant, d'injustice, de révolte ! Je n'insinue pas qu'il faudrait m'excuser de tout, mais quand même ! Oh, mère, comme je vous aime ! Cependant votre attitude m'a tellement blessé ! Moi qui étais persuadé que dans votre laboratoire, vous œuvriez en toute bienveillance à mon bonheur, je ne m'attendais nullement à un tel renoncement de votre part ! Quelle injustice ! Quelle trahison extraordinaire !

Le mal est fait, tant pis. Je suis sûr que vous finirez par changer d'avis, et que nous nous reverrons. Alors vous m'aurez pardonné et nous nous réconcilierons, et nous vivrons proches, dans une affectueuse entente.

C'est cette heureuse perspective que je dois chérir et conserver devant moi, sur mon chemin, le reste devant être considéré comme un malencontreux incident qu'un peu de temps, j'en suis persuadé, suffira à estomper de nos mémoires.

En attendant nos retrouvailles dans la joie, chère mère, je me trouve être désormais l'unique habitant de la Zarzuela. Enfin, pour être exact, il me faut ajouter Gimlet, qui me tient compagnie. J'aime bien le caresser et le regarder jouer. Plus les jours passent avec lui, plus je m'attache, et je comprends pourquoi, depuis des millénaires, les humains aiment à s'entourer de cabots.

Gimlet ne comble certes pas ma solitude, mais la rend moins amère. Il me faut également signaler un tout nouveau compagnon, très étonnant – c'est le moins qu'on puisse dire. Je l'ai découvert aujourd'hui en rentrant à la Zarzuela.

Quand nous sommes passés à côté des ruines calcinées du laboratoire, Gimlet s'est arrêté, tête dressée, et il s'est précipité dans les ruines. Il venait d'entendre un bruissement, que j'ai également perçu, sans cependant m'en émouvoir comme lui. J'ai suivi

Gimlet jusque dans les gravats et les déchets noirs. Le bruit provenait d'un congélateur cabossé, couvert de suie, mais qui, comme certaines parties du laboratoire, avait été relativement épargné par les flammes. A l'intérieur, quelque chose grattait et couinait. Sans attendre, j'ai ouvert le capot du congélateur et aussitôt la chose a sauté, s'est cognée à mes jambes. Puis elle a filé dans les décombres, Gimlet à ses trousses. Mais j'ai eu le temps, ébranlé par une violente émotion, de reconnaître, d'identifier cette chose : aussi incroyable que cela puisse paraître, il s'agit manifestement d'un être ayant pris vie à partir de l'avant-bras que mère m'a enlevé il y a un peu plus de deux mois ! Aujourd'hui, j'ai au bout de mon coude gauche un nouvel avant-bras, qui a fini de pousser et équivaut déjà à l'ancien, ayant presque intégralement recouvré sa toison, sa force et sa motricité initiales. Mais l'ancien avant-bras, qui avait visiblement été cryogénisé peut-être en guise de relique, de fétiche – je l'ignore – cette chute d'amputation, ce segment de moi-même, cet « antébrachion », dirais-je en tentant un néologisme, s'est éveillé à la vie à la faveur d'une décongélation accidentelle ! Je viens d'évoquer la violente émotion qui m'a ébranlé quand je l'ai reconnu. Ce fut aussi un vertige, comme si un million d'années d'évolution, de mutations et d'incongruités héréditaires s'était condensé dans le laps de temps d'une panne de congélateur, entraînant au sein d'un simple membre tranché une supernova biologique ! Ah, si mère était là pour voir ça ! Quelle surprise ! Quelle horreur ! Oui, quelle grotesque et horrible chose !

L'antébrachion a donc disparu dans les décombres, et je pense qu'il a eu peur de Gimlet qui lui courait au train. Ensuite, moi et Gimlet sommes rentrés à mon domaine, dans mon enclos. J'aurais la possibilité, désormais, si l'envie m'en prenait, de m'installer dans la chaumière ou même dans l'immeuble qui servait au personnel, mais je suis attaché à mon sobre chez-moi, et, du moins pour l'instant, déménager n'est pas un projet.

Ce soir, alors que nous dînions au coin du feu, d'un gros lapin à la broche, Gimlet s'est mis à aboyer en direction du petit bois où j'avais pris l'habitude de cacher mon échelle de kapokier – inutile désormais, puisque je suis libre – . J'ai ordonné à Gimlet de se calmer, et j'ai lancé un rognon cru du lapin en direction du bois. L'antébrachion s'est alors avancé dans l'herbe haute, hésitant, méfiant. J'ai attaché Gimlet dans la cabane, puis je suis retourné voir l'antébrachion, lui apportant du riz et des haricots noirs dans un bol, avec un peu de farofa. Se délectant du rognon agrémenté, il s'est laissé apprivoiser sans difficulté, peut-être parce qu'il reconnaît en ma personne une matrice originelle, une parenté réconfortante. Comme c'est une créature hideuse, un nom m'est venu, spontanément, un mot que mère m'a appris lorsqu'elle me détaillait le contenu de ses aquariums, celui de « Polype ». Polype, donc, s'est approché du feu, tendrement collé à mes jambes. Il se déplace sur ses cinq pattes – les doigts – , un long rostre prolongeant son dos, correspondant à la moitié inférieure de mon ancien avant-bras, et cet étrange animal, cette émanation complète d'un être complet à la croisée formelle du poulpe et du mustélidé semble pour survivre avoir développé des appareils buccaux sous les ongles et une sorte de cloaque, comme on l'observe chez les oiseaux, situé au niveau du poignet au creux de la tabatière anatomique. Comme ils sont curieux, ces parfaits petits cacas en tire-bouchon qu'il a lâché çà et là juste après avoir dîné ! Et puis ces yeux noirs fureteurs enfoncés dans deux bourrelets à mi-distance de la face postérieure du poignet et de l'arête de tranche, comme ils m'ont semblé pleins d'affection et de santé, tout à l'heure à la lueur du feu ! En écrivant ces lignes, c'est un sentiment mêlé de dégoût, d'élan de curiosité et de tendresse, qui me traverse, et, pour tout dire, mon cher journal, je dois avouer qu'un rire nerveux me secoue par intermittence. L'antébrachion dort maintenant blotti contre le ventre de Gimlet. Ils sont là, à côté de ma natte, couchés sur une doudoune sans manches imprégnée de l'odeur de mère, ils sont là et je les apprécie, mes camarades de solitude.

13 octobre 2032

Voici dix mois qu'en compagnie de Gimlet et Polype, j'ai quitté la Zarzuela. L'ennui était devenu pesant, et, alors que je dévorais l'*Usage du monde* de Nicolas Bouvier, un grand désir de voyage s'est emparé de moi. Avec mon goût immodéré des livres, j'espère ne pas me fracasser un jour sur le réel comme la pauvre Bovary ou l'ingénieux hidalgo, mais je crois qu'il faut s'efforcer de vivre. Si, au début, nous allions principalement à pied, Polype dans mon havresac, Gimlet au bout d'une laisse, il nous est arrivé de gagner bien du temps en nous introduisant dans les remorques de camions. Il y a maintenant huit mois, nous avons ainsi atteint les rives de la rivière Pilcomayo, que je désirais tant découvrir, et qui, ma foi, s'est avérée décevante. Comme ailleurs, sinon une eau indomptable et revêche, je n'y ai rencontré que regards apeurés d'Indiens – qui ne sont que des culs comme les autres – , jets de sagaies et injures baroques. Sans nous attarder nulle part, nous avons descendu Pilcomayo jusqu'à la rivière Paraguay à bord d'une pirogue motorisée dérobée dans un village d'Indiens, pour finir dans le fleuve Paraná, que nous avons continué de descendre avec, pour ma part du moins, une lassitude de plus en plus accablante. J'ai pillé pour survivre graines, plants, essence, *salchichones* et empanadas, croquettes pour chiens, cartouches de cigarettes et piles pour mon transistor. Conscient de ma force et animé de cette rancœur féroce que m'inspirent désormais les humains, il m'arrive de voler en plein jour, sans prendre la peine de me cacher, et je repars avec mon butin en gratifiant mes victimes de doigts d'honneur, de crachats, d'onomatopées obscènes. S'il ne fait aucun doute que j'ai généralement beaucoup appris durant cette épopée fluviale, je crains que, dans le champ social, mon unique acquisition ne se limite à une accumulation de ressentiments envers l'ignoble espèce à laquelle mère appartient.

Détester les hommes ne me rend cependant pas les bêtes plus sympathiques, au contraire. Depuis aujourd'hui, nous vivons en ville mais, auparavant, dans la forêt, autour des nombreux abris rustiques que nous avons construits et habités, la capacité d'invention de mes voisins ne semblait pas dépasser le terrier, sommaire, le nid, astucieux mais répétitif, la toile, certes complexe mais bêtement programmée dans les gènes. Cette population de bestioles qui nous entourait, étrangère à toute industrie autre qu'automatique, à toute rêverie, ne fait que vaguer en permanence dans les herbes, dans l'eau ou dans les arbres, obnubilée par son prochain repas. Tout ce qui l'anime, sinon cet appel du ventre, n'est que foutues envies d'en découdre, de déféquer et de baiser. Où est la fantaisie, cher journal, où est l'esprit chez l'animal ? Je les trouve certes un peu chez Gimlet, dans son regard, son sourire de chien, mais peut-être n'est-ce là qu'illusion anthropomorphique (façon de parler) d'un maître que la solitude a rendu gaga. Quant à Polype, il est à lui seul une fantaisie, d'une sauvagerie si étrange que, je pense, il ne peut se relier à aucune intelligence sœur en ce monde, ce qui du reste ne semble pas le tourmenter outre mesure.

Tout au long de cette pérégrination rugueuse, j'ai pu heureusement soulager mon ennui grâce à cette invention salutaire qu'est le transistor. J'en ai trouvé un quelques semaines avant de partir, dans la chaumière de la Zarzuela. Je n'avais jamais eu l'occasion d'utiliser cet appareil auparavant ; je ne le lâche plus depuis. J'ai commencé à l'écouter en faisant la cueillette, en pêchant, en démêlant soigneusement mes longs poils ou en somnolant sur ma natte. Je l'ai emporté dans mon voyage. A l'usage, les superclásicos de Buenos Aires entre Boca Juniors et River Plate, clásicos Independiente et Racing, Huracán et San Lorenzo de Almagro me semblent les objets sonores les plus intéressants. Tout a commencé le jour où, manipulant béatement le curseur de fréquence, mon attention a été retenue par le mot « gol », qui deviendrait une parole précieuse, chérie, sacrée, tant elle est prononcée rarement, distinctement et avec enthousiasme au milieu du flot inextricable des sons d'un match : « gooooool ! ». Goooooooooool. Ca m'a rappelé ce jour où le jeune Arthur m'avait montré les vidéos époustouflantes du « Pibe de oro », Diego Armando Maradona. Je suis devenu un adorateur du football, un *socio* sans club qui à chaque « gol », se met à sauter de joie, danser et siffler.

Ainsi, à bord de notre pirogue, moi et mes compagnons, le chien, l'antébrachion et le transistor, sommes arrivés il y a deux mois, après une longue descente plutôt sauvage et dépeuplée, dans un complexe réseau de bras de rivières et de canaux, où l'homme prospère et pullule. C'était une nuit. Sur chacune des innombrables îles, sur les rives des canaux, des myriades de lampes éclairaient des pontons, des pelouses, des cabanes sur pilotis. Des vedettes pleines de mâles et de femelles qui dînaient laissaient dans leur sillage d'appétissantes odeurs de grillades. De jeunes et bruyants spécimens se baignaient, préparaient une barque de pêche, une yole, d'autres conversaient, assis les pieds dans l'eau, le cul dans les jacinthes. Plus nous avancions, plus l'obscurité et la cacophonie de la forêt laissaient place à la lumière et au bruit humains. Aux craquements des arbres, au cliquetis clair de l'eau, au martellement des gouttes sur les feuilles, au bruit du vent remuant les branchages, aux cris simples et répétés des satanées bêtes de la forêt, se substituait l'enchevêtrement complexe des voix d'hommes, de femmes, et le brouhaha des mécaniques qu'ils construisent. En suivant les vedettes, on découvrait le ventre de ce nid humain : des routes, des ponts, des maisons illuminées à perte de vue, et quelque part près d'une rive sombre, couché dans ma pirogue, dissimulé sous la bâche dont je me servais pour masquer ma prétendue monstruosité, j'absorbais par les oreilles l'immensité sublime d'un continent nouveau.

Nous avons vécu quelques semaines, un peu à l'écart de la zone urbanisée, sur une île du delta du Paraná, et l'endroit fourmillant d'humains où j'avais pris l'habitude de me rendre la nuit est une ville qui s'appelle Tigre, située en Argentine. La plupart des gens que j'entendais parler sur les quais de Tigre semblaient venir de Buenos Aires. J'en avais vu des images, dans des journaux ramassés çà et là. De Buenos Aires et du tango venaient les plus belles jambes de Tigre. De Buenos Aires venaient les meilleurs journaux ; à Buenos Aires jouaient les meilleures équipes de football, là-bas vivaient les hommes qui parlaient et chantaient de belles chansons dans mon transistor. Lorsque j'ai compris que l'endroit où nous vivions, cette île aux abords de Tigre, était en fait à la périphérie de cette cité intéressante, j'ai décidé de poursuivre. A Buenos Aires se trouvaient probablement des personnes plus évoluées que celles rencontrées jusqu'alors, des êtres d'élite, plus à même d'apprécier ma valeur singulière. Et grâce à eux, outre un peu de réconfort amical, je découvrirais peut-être la trace de mère, qui me manque tellement. C'est ce que je me suis dit, et ce que nous allons bien voir.

La nuit dernière dans la pirogue, j'ai senti le courant augmenter, le remous, le vent souffler plus fort. L'estuaire s'évasait en une étendue dont on ne percevait plus les bords, au nord et à l'est, que par des lignes de lueurs très lointaines. J'ai regardé mes deux compagnons de fortune, éclairés par la lune : Polype dormait dans mon havresac, les doigts dépassant de l'ouverture béante, émettant par les orifices situés sous les ongles un ronflement visqueux. Gimlet, quant à lui, était tranquillement assis, bon chien semblant apprécier, avec un goût inné des munificences de l'empreinte humaine sur la nature, la beauté grandiose du Río de la Plata, sur lequel nous voguions désormais. Au sud, les lueurs de la côte proche étaient particulièrement nombreuses, denses, hautes et bigarrées. De chatoyants navires traînaient des flancs immenses. J'ai reconnu la forme des gratte-ciels. Puerto Madero. Devant nous Buenos Aires !

13 février 2034

Voilà trois jours que nous avons quitté le chantier naval d'une mangrove, au Suriname, à bord d'un narco-sous-marin vert olive en fibre de verre. On devrait plutôt parler de semi-submersible, car cette embarcation rudimentaire, dépourvue de douche et de toilettes, n'offre pas la possibilité de plonger, se limitant à naviguer au ras de la surface. J'ai pour mission de livrer deux tonnes de cocaïne au large de La Corogne en Espagne. Ensuite, un contact me conduira jusqu'à Marseille, avec une partie de la cargaison. Aujourd'hui, ciel couvert, brise légère, faible houle. Polype est au périscope. Je lui fais confiance, il se révèle bon marin. Gimlet, lové à mes pieds, me tient chaud. Allongé entre les jerricans de gazole et les cartons de boîtes de conserve, j'ai envie de profiter de ce moment paisible pour célébrer le premier anniversaire du jour où j'ai rencontré celle qui, à sa façon, – et même si j'éprouve un peu de rancœur à le reconnaître – m'a introduit dans la société des hommes.

Pour commencer, il y a environ seize mois, nous accostions à Buenos Aires. Je me suis réveillé recroquevillé dans le fatras d'un vieux hangar, sur le port. Y restant tout le jour, afin de ne pas être repéré, je suis sorti à la nuit tombée fouiller les poubelles et visiter les environs avec mes compagnons. Nous avons recommencé les nuits suivantes, et il me faut signaler à quel point j'ai été déçu, à cette époque, de découvrir quel maelström de bruit, de foule et d'air vicié renfermait cette mégalopole. Les automobiles me terrorisaient, les rues me semblaient sales, parsemées de détritus, elles m'étaient plus infâmes et dangereuses encore que les entrailles de la détestable forêt. Combien de fois, d'ailleurs, lors des premières semaines, quand je me décrassais soigneusement les griffes après avoir trié des ordures, ai-je songé à les retourner contre moi-même, et rejoindre les âmes volantes de la forêt ? Que cette ville est rude et criarde !

Nos excursions tardives n'allaient pas sans que nous croisions parfois quelques promeneurs, qui détalaient en poussant des cris. La police s'est mise à nous pourchasser et nous avons dû abandonner notre refuge du port. Durant une courte période, même, les journaux que je tirais des poubelles montraient des photos plus ou moins floues et sombres de moi-même, des photos de voitures de police retournées, détruites, et d'humains éventrés, égorgés, mutilés de part et d'autre. On me recherchait, en m'attribuant tous les crimes, ce qui, je l'avoue, même si cet affichage m'affublait du rôle immérité et un peu embarrassant du bouc-émissaire, n'était pas entièrement déplaisant. Les images de moi-même en action dans Buenos Aires, alors même que je me rappelais chaque fois avoir vécu un moment d'effroi, me procuraient un plaisir esthétique. Ma fourrure, que je lave chaque nuit à l'eau des fontaines et que je passe des heures à démêler, sous les ternes captures des smartphones, donnait de somptueux rendus aux accents fantomatiques. Ma carrure respirait la puissance, la sauvagerie. Je me trouvais beau et romantique, parfois même flamboyant, ce qui me consolait. Cette couverture médiatique flatteuse n'a duré malheureusement qu'un temps, une équipe de fact-checkers ayant sans peine réussi à convaincre l'opinion qu'il s'agissait de photos et de captures de vidéos générées par une intelligence artificielle. On n'a plus parlé de moi, et j'ai arrêté de lire les journaux.

J'ai vécu avec mes deux compagnons une existence de clandestinité qui, bien que légèrement pire, n'était finalement pas si différente de celle que j'avais déjà connue tout au long des rivières, cela toutefois jusqu'à cette rencontre décisive. Certes, ce n'était pas l'élite bienveillante dont j'avais rêvé, mais au moins j'allais être accueilli quelque part.

Une nuit – c'était donc il y a un an exactement, le 13 février 2033 vers une heure du matin – que je traînais mon désarroi à picorer des cacahuètes grillées déversées sur un trottoir du quartier de Liniers, trois voyous ont agressé devant moi une jeune femme. Alors qu'ils la molestaient pour je ne sais quelle raison, je les ai mis en fuite d'un simple mugissement. La victime, tétanisée un moment, s'est enfuie, elle aussi, en hurlant, dès que je me suis approché d'elle. Et je ne sais pas pourquoi, mais comme mû à mon insu par un marionnettiste céleste, je l'ai rattrapée et l'ai secouée par la taille :

– Mais enfin, Mam'zelle ! Un peu de gratitude ne

serait pas superflu !

Elle m'a giflé de toutes ses forces, sans que je ne la lâche ni ne cesse de la supplier du regard. Un mouvement mystérieux venait de me retourner le cœur, je n'avais jamais été ému de la sorte.

– De quel zoo t'es tu donc échappé, grand macaque !

– Ma claque du zoo, ai-je rétorqué, fluide, avec un talent de repartie que je ne me connaissais pas.

Maintenant la fille me souriait ; quant à moi, des larmes m'échappaient.

– Pleure pas, grand macaque. T'es mignon. Je m'appelle Lima. Et toi ?

– Gamberetto.

– Ce que tu as de longs bras...

Je l'ai regardée, avec cette émotion nouvelle. Elle était plus grande que moi. Brune, grasse, la peau mate et grumeleuse au visage. De puissants fessiers, une poitrine réconfortante.

Je lui ai présenté Gimlet et Polype, qui venaient de s'extraire, le poil pouilleux, d'une sieste dans un carton. Ne manifestant pas le moindre étonnement en découvrant Polype, elle m'a juste dit :

– Tiens, je connaissais pas cette race.

Puis nous nous sommes rendus chez elle, en

conversant dans la nuit. Polype dans mon havresac, Gimlet tenu en laisse, je me sentais un gentleman au bras de sa dame, et je n'oublierai jamais ce sentiment si doux, si agréable, de devenir quelqu'un en ce monde. Lima me semblait fort laide, mais je venais, en toute simplicité, de réaliser l'exploit d'entrer en contact avec une humaine.

– D'habitude, j'évite de sortir à ces heures-là, Gamberetto. Liniers n'est pas un quartier sûr. Je suis serveuse dans une pizzeria. Mon petit frère devait venir me chercher après mon service, mais on lui a volé son scooter.

Lima habitait Villa 31, un bidonville dans le nord de Buenos Aires. Comme pléthore de travailleurs pauvres, faute de pouvoir honorer le loyer d'un logement orthodoxe, elle partageait une baraque pleine de courants d'air avec sa mère et ses quatre petits frères. Tout le monde là-dedans s'est mis à hurler en nous voyant entrer. L'un des frères de Lima a brandi un pistolet. Avant qu'il ne le décharge sur moi, Lima a présenté son sauveur et la mère s'est jetée en larmes dans ma fourrure.

A table, les garçons étaient en admiration. Ils m'ont posé des questions stupides :

– Ta mère, c'est un ragondin aux dents de lion ?

– Ne t'avise pas de reparler de ma mère, ai-je répondu en mâchant mon manioc.

– Ou un grizzly croisé avec un guanaco, a dit le plus jeune, qui devait avoir cinq ans.

– Je ne me répéterai pas.

– Est-ce que tu grimpes aux arbres ?

– Mais qu'est-ce que ça peut donc vous faire ?

J'ai continué de mâcher le manioc. Plus tard, je me suis couché sur la natte de Lima, Polype et Gimlet endormis non loin, dans un angle de la chambre. Lima me regardait, me caressait l'épaule, jouait avec mes griffes puis descendit sur mon bas-ventre, où enflait mon pistil écarlate et reluisant comme une créature marine. Nous venions de le faire. Je venais de le faire pour la première fois. Et par-dessus le marché avec une humaine. Ç'avait été agréable, mais quelque chose me laissait sur ma faim. Un sentiment d'altérité bizarre, probablement dû au fait que nous n'étions pas de la même espèce.

– Tu as un tout petit engin, *cariño*. Je t'apprendrai à t'en servir.

– Je ne t'ai pas sautée comme tu l'escomptais ?

Lima riait.

– Disons que pour une première fois, c'était pas mal. Mais pour une bête, je trouve que tu as des manières.

– La vérité est que je ne suis pas un animal.

– Je le sais. Mais tu n'es pas un homme non plus.

– Tu ferais mieux de ne pas trop l'ouvrir, si c'est pour me charrier.

– Tu sais, tu n'as pas une si mauvaise tête. Il suffirait de raser ta fourrure et de te couper les griffes, de te trouver des vêtements à ta taille (maman peut t'en coudre), de te coiffer et tu ne ressemblerais presque plus à un grand macaque échappé du zoo. Tu pourrais travailler comme *cartonero* avec mon cousin Javier.

-J'en serais fort content, mais sans rien couper.

Ainsi ai-je connu ma première petite amie, et avec elle mon entrée dans le grand cercle de la société civilisée. Nous avons vécu ensemble dans la baraque familiale et j'ai travaillé avec le cousin. Ma force et mes longs bras me permettaient de porter d'importantes quantités de déchets recyclables compactés en balles. On a reconnu en moi un bon élément. Toutefois, l'aspect salissant de la besogne, qui me rebutait, m'a, je crois, empêché d'atteindre tout à fait l'excellence en ce domaine.

Après trois mois de vie commune, l'ambiance a commencé à se gâter. Le quotidien avec Lima, qui, possessive et avide, me sollicitait pendant tout son temps libre, a fini par me lasser. Elle roulait des yeux dès que je rentrais le soir, épuisé par les longues heures de collecte de déchets. Elle roulait des yeux et, par d'impudiques et insistantes invites, réclamait sa ration de câlins, de papouilles et parfois de sexe, attitude que j'avais fini par trouver irrespectueuse, gênante vis-à-vis des autres membres du foyer, et qui me rebutait. A la même période, ayant récupéré çà et là des pots de peinture acrylique abandonnés, c'est une échappatoire à ce déplaisant manège que j'ai trouvé dans l'initiation aux arts plastiques. J'ai commencé par des coings, ma période coings. La peinture est rapidement devenue une passion, et en tant que passionné, j'ai vite éprouvé un désir de progresser particulièrement chronophage. Lima, amère d'être délaissée, s'est mise à me lancer des remarques désobligeantes, qui me vexaient, puis j'ai compris que les persécutions devaient conduire l'artiste, soit à abandonner, s'il n'était pas convaincu lui-même de son propre talent, soit au contraire à améliorer son style, ce à quoi j'ai tenté de me tenir. En progressant, je me suis rendu compte que la figuration, loin de mériter d'être bannie comme certains snobs l'avaient fait, était toutefois sujette à faire les délices d'ignares comme Lima. Lima, serveuse à mi-temps dans une pizzeria de Liniers et vivant dans un bidonville, aimait ce qui était « bien fait » et « ressemblant à quelque chose ». Des mouvements comme l'impressionnisme ou l'hyperréalisme plaisaient aux ignares comme Lima parce qu'il n'était pas nécessaire d'être cultivé pour en apprécier les représentations. Las des moqueries sur mes natures-mortes, mes paysages, scènes champêtres et portraits exécutés d'après des photographies, j'ai versé violemment dans une forme d'expressionnisme frénétique. Lima, épouvantée par ce qu'elle jugeait être un fourvoiement malsain, m'a déversé un matin un flot de perfidies. De mon côté, en lui expliquant qu'elle avait probablement hérité sans le savoir d'une certaine idéologie à travers sa représentation d'un « art dégénéré », je l'ai traitée de salope nazie. Elle m'a jeté un bol de café tiède à la figure. J'ai hurlé de rage et n'ai pas résisté à la tentation de la mordre, à la nuque. Selon l'un de ses frères, elle aurait failli succomber à la morsure, à cause d'une bactérie, un poison prétendument contenu dans ma bouche. Quoi qu'il en soit, il est vrai qu'elle a dû rester hospitalisée pendant quatorze jours, où, feignant de me lamenter de ce que j'avais commis, je me suis en réalité délecté de ma passion solitaire.

A son retour à la baraque, elle avait envie de parler. Nous étions étendus sur une natte, dans la chambre. Notre couple avait selon elle franchi une étape. Il fallait faire le point. Que je m'amuse bien à peindre des étrangetés plutôt que de la satisfaire ne signifiait pas que je ne sois pas un artiste en puissance. Au contraire, concédait-elle, j'avais sans doute la fibre mais il fallait des années de labeur pour devenir un véritable artiste, d'autant plus quand on n'appartenait pas à l'espèce humaine et qu'on vivait, parmi les exclus, dans une marmiteuse fourmilière de Buenos Aires. En allumant cigarette sur cigarette tout en restant étendu sur la natte, j'ai nerveusement battu ma coulpe, à mots choisis, concédant que cultiver mon esprit par la peinture m'avait donné l'illusion d'une supériorité, et, tout en m'élargissant l'esprit, m'avait probablement aussi pétri d'idées reçues assez toxiques. Sûrement s'agissait-il d'un des pièges élémentaires que pouvait rencontrer le novice dans l'intransigeant processus d'acquisition d'un talent supérieur.

Lima, en humeur de bonté, m'a donné un baiser de bénédiction sur le front.

– D'accord, a-t-elle dit ensuite, tu veux jouer au plus malin, c'est ça ? Très bien.

Puis elle a commencé à me caresser le pistil, avec sur son visage grumeleux un sourire de diablesse. Mal à l'aise, d'un mouvement de côté, j'ai dégagé mon pistil, m'écriant :

– Vas-tu me ficher la paix ? Mon Dieu, de l'air ! De l'air !

Les six mois, au total, passés en compagnie de Lima, infiniment supérieurs dans les débuts à la rusticité violente de ma vie précédente, se sont ainsi achevés dans un magma visqueux de promiscuité, de vulgarité, d'indigence intellectuelle et de sournoiserie dont la pesanteur sur mon moral dépassait l'entendement. Dégoûté de la tournure atroce de mon existence, j'ai été bientôt incapable de supporter la vue et l'odeur de celle qui continuait pourtant de se considérer comme ma « petite amie ». Lima s'est mise à évoquer sans cesse mes prétendues « manières », à me traiter de papillon, de biche, de coccinelle, devant ses frères, devant les voisins, en pleine rue. J'ai commencé à m'absenter. Après le travail, j'étirais mes fins de journées à la terrasse d'un petit débit de boissons à l'entrée de Villa 31.

– Tiens, v'là ma petite coccinelle, ricanait-elle quand je rentrais enfin.

– Va t'faire mettre ailleurs, sifflais-je, aviné, accablé et consterné par ma vie, par l'espèce de carpette alcoolisée que j'étais devenu, et je disparaissais directement cuver dans la chambre.

Certes, Lima n'avait pas tort sur un point : que pouvait espérer de l'art et de l'existence une espèce de sous-produit humain, de bouillie génétique, d'hybride amorphe et disgracieux comme moi ? Je me faisais pitié à moi-même.

– Tu es une bête qui se fourvoie, m'a dit un jour un vieil aveugle devant qui je m'étais longuement lamenté de ma condition.

– Au fond, je crois que mère me manque, ai-je reconnu, car c'était la vérité.

– Mère te manque, c'est évident.

Du reste, cette expérience venait de me rappeler à quel point, et dans quelle urgence j'avais besoin d'une femelle de mon espèce.

J'ai beaucoup réfléchi, à cette époque, et aussi beaucoup progressé dans le maniement d'Internet afin de récolter le maximum de données personnelles concernant mère. Un froid jour d'août 2033, j'ai entendu l'un des clients du bar, un Colombien, chuchoter au barman qu'il recrutait des types n'ayant plus rien à perdre et suffisamment timbrés pour piloter un sous-marin bourré de cocaïne entre le Suriname et l'Europe. Or je savais que mère avait déménagé en France, précisément à Marseille. L'occasion ne pouvait être manquée, aussi, une semaine après, une fois la maisonnée endormie, Polype dans mon havresac, Gimlet au bout d'une laisse, j'ai quitté Villa 31 vêtu de mon meilleur costume, rendez-vous chez le Colombien. Et nous voici maintenant, au cœur de l'océan, à tresser de méchants lauriers à une ex-petite amie.

7 novembre 2041

Heureux qui, comme Ulysse, a retrouvé sa Zarzuela et dîné d'un poisson grillé aux bananes arrosé d'un bon tannat d'Uruguay. Quelle paix, ici ! Certes, l'herbe a poussé, le bois s'est refermé sur lui-même, les sentiers ont été recouverts, sans compter les ronciers épanouis çà et là, ce qui va me donner un peu de travail, mais je suis si heureux de retrouver mon chez-moi !

Quelles rudes années j'ai vécues ! Je ne vais pas m'étendre, mon cher journal, mais t'en raconter juste ce qu'il faut. Il y a sept ans, après avoir mené à son but mon semi-submersible garni de cocaïne, j'ai reçu tous les honneurs de la part des narcos, qui voulaient m'embaucher pour d'autres missions, alors que mon objectif de départ avait modestement été d'atteindre

Marseille afin de relancer mère, par le truchement de l'assassinat de sa propre mère.

Flatté qu'ils aient apprécié mes services, ému, même, pour tout dire, de susciter chez ces personnes de l'intérêt plutôt que l'effroi et la haine auxquels j'étais tristement habitué, une fois ma mission initiale effectuée, j'ai donc accepté de collaborer avec eux. Ils souhaitaient me confier une nouvelle traversée sous-marine de l'Atlantique, et comme la perspective d'une telle corvée me rebutait un peu, bien que je me montre pleinement motivé à prolonger ma collaboration avec des personnes si bienveillantes, ils m'ont proposé à la place de réaliser des go-fast entre la Galice et la région parisienne. Là encore – et j'ai eu peur qu'ils commencent à me croire malhonnête avec eux –, j'ai dû décliner, étant à cette époque bien incapable de conduire une voiture. J'en ai profité, depuis, pour apprendre. Mais en attendant, ils m'ont affecté à la manutention à bord des vedettes de transport, et j'ai travaillé de nuit à Conil de la Frontera, à Lisbonne, à Vigo. Très vite, comme il est quelquefois question dans ce genre d'activité de devoir se défendre et de répliquer à des assauts, les caïds ont remarqué mes compétences particulières en matière de self-défense. Aussi, j'ai rapidement gravi les échelons et adopté un parcours atypique dans l'organisation. Embauché dès 2036 à la protection rapprochée du baron du cartel, un certain Daniel Etxeberrigarai, j'ai déménagé, Polype dans mon havresac, Gimlet au bout d'une laisse, de Vigo jusqu'à Bogotá, à bord du jet privé du patron lui-même.

Dès mon emménagement à Bogotá, ma vie a pris un tournant plus confortable. Même s'il gardait ses distances et cherchait poliment, bien que maladroitement, à cacher une évidente aversion physique à mon égard, Daniel restait toujours courtois et, n'ignorant pas la plus-value de terreur dont pouvait lui faire bénéficier ma présence à ses côtés, me traitait avec grand respect. J'étais correctement payé, et le travail, outre quelques péripéties sanglantes vite évacuées, était généralement plutôt tranquille. J'avais mon appartement à l'œil dans la villa de Daniel lui-même, située dans un quartier cossu. Polype et Gimlet disposaient à leur guise d'une grande pelouse sans que je m'en soucie, puisque d'exquis jardiniers étaient chargés de récolter leurs déjections. J'ai même bénéficié un temps d'une femme de ménage, que j'ai cependant congédiée au bout de quelques semaines. Non qu'elle remplisse mal les tâches auxquelles elle était assignée, mais parce que sa présence me gênait. Elle ne cherchait pourtant pas à se montrer désagréable, mais avec le recul, je crois qu'il me manquait à l'époque cette aisance de classe, cet acquis bourgeois qui vous fait vous sentir légitime à délivrer des instructions à une employée. Bref, j'avais encore des codes à apprendre, des « habitus », comme disent les sociologues, mais je me sentais sur la bonne voie.

A l'incitation de mon environnement immédiat qui, bien que plein d'attentions à mon égard, ne brillait pas dans son rapport au monde par la plus grande probité, j'ai commencé à priser de la cocaïne plus souvent qu'à mon tour. Une nuit où je me trouvais extatique, j'ai retenté l'expérience de l'amour avec une humaine, une vieille routarde qui m'avait lancé des œillades alors que j'accompagnais Daniel dans l'inspection d'un tripot de la ville. Sur la banquette de l'*hostel* où elle exerçait, j'ai déballé mon pénis filiforme et luisant, alors elle a porté ses mains à sa bouche et s'est exclamée « ¡ Dios mío !» Puis elle a saisi l'organe entre ses doigts, circonspecte, comme elle l'eût fait d'une cigarette un peu forte ; je n'ai rien senti, et cette expérience lamentable, sans grande importance, aura tout de même eu pour effet d'attiser encore ma volonté d'obtenir une compagne de mon espèce. Bref, oublions cette digression. Ce que je voulais d'abord souligner est que cet emploi et cette situation sociale nouvellement acquis, malgré leurs excellents avantages, me posaient depuis le début un cas de conscience que j’avais cru négligeable, mais qui au contraire prenait de l’ampleur. A mesure que je m'installais dans cette vie, le fait de servir une organisation criminelle devenait chez moi une réelle source de tourment. Avais-je le désir de me bâtir une carrière dans le mal ? Un tel projet était-il conforme à l'image que j'avais de moi-même ? Pouvais-je, sous prétexte qu'ils étaient les rares humains à m'accepter tel que j'étais, continuer à me complaire ainsi, le nez poudré et l'âme souillée, à frayer au milieu des malfrats ? J’ai beaucoup réfléchi et pris ma décision seul, à l’intuition du moment. Et quand j'ai finalement annoncé ma démission, Daniel est entré dans une rage folle ; lui qui était toujours si courtois et respectueux s'est métamorphosé. Il m'a frappé à coups de batte de base-ball, puis, se rendant compte du ridicule de l'assaut, s'est précipité sur mon chien pour tenter de l'étrangler. J'ai aussitôt égorgé Daniel, et il m'a fallu massacrer ceux de mes collègues qui étaient après moi, ce qui, paraît-il, a terrifié tout le milieu. J'ai ensuite erré quelques jours dans Bogotá, avec Polype et Gimlet, comme autrefois à Buenos Aires en ajoutant quelques guet-apens à déjouer, et enfin, moyennant bakchich, c'est cette fois dans la soute d'un avion que nous avons traversé l'océan, libres et la conscience soulagée.

Lorsque j'ai posé mes valises à Madrid, certes délesté d'un mal mais ayant désormais davantage de temps pour scruter mon for intérieur, j'ai senti m'envahir un cruel manque d'affection. J'avais désormais très envie de voir mère, de lui parler. Je l'ai alors localisée en louant les services d'un hacker que j'ai connu dans le milieu, et suis allé la trouver alors qu'elle passait des vacances sur le lac de Garde en Italie. Combien ces retrouvailles m'ont été bénéfiques ! Quel inestimable moment mère-fils, de tendresse et de sincérité ! Bien sûr, il y a cette malédiction qui toujours nous déchire et nous éloigne : elle a pris cette fois la forme d'un sabre, brandi par son petit-ami, et qui m'est resté plusieurs heures coincé dans l'ulna. Mais le désagrément est bien négligeable en comparaison du véritable bond en avant, dans l'évolution de notre relation, que nous a permis cet entretien italien. A présent, tout peut arriver, je sais que mère m'aime. Et combien cette foi en l'amour m'aide à surmonter les difficultés de la vie ! J'éprouve cependant un léger malaise, en y repensant. Lors de cette même rencontre, mère m'a fait promettre d'arrêter de la harceler, en échange d'argent. J'ai accepté, car j'aime voyager, et l'argent facilite quand même les déplacements. D'autre part, je veux être prêt à investir d'importants fonds personnels en prévision du jour où mère décidera de se remettre en selle, et cela m'oblige à épargner. Ce qui me chiffonne, justement, c'est que je me suis montré malhonnête – en vérité, il s'agit plutôt de lâcheté de ma part, ayant eu trop peur de briser l'harmonie de cet instant magique si je lui avais opposé un refus – quand je lui ai laissé croire qu'en étant utilisé à des fins libidinales, le seul argent permettrait de me faire oublier mon vœu le plus cher. J'ai décidé d'être patient, mais si mère tarde trop à se remettre en question, elle risque d'être à nouveau navrée par ma conduite, d'autant que je connais les adresses d'à peu près tout le monde. Car en effet – et ensuite je m'arrêterai là pour aujourd'hui, cher journal – , il y a à peine un mois, j'étais encore à Marseille, où j'ai réussi sans trop de difficulté à obtenir le pardon d'Arthur. Lui payer un caddie de provisions et accepter de me saouler avec lui dans son studio crasseux ont été suffisants. En échange, j'ai pu lui aspirer les données de son téléphone, ce qui, en me servant du contenu des messages écrits, des contacts, des coordonnées diverses et même des photos, m'a permis de reconstituer mieux qu'un arbre généalogique, un véritable réseau agrémenté de fiches personnelles à toutes fins utiles.

21 juin 2051

S'il faut établir un bilan, à quoi bon tous ces morts, franchement ? Vu de l'extérieur, je ne l'avoue qu'à moi-même et à toi, mon journal, on jurerait l'œuvre d'un psychopathe, et j'en ai honte. Certes, il devrait être apaisant, depuis le marchepied de mon camping-car, écoutant la voix sublime d'Alfred Deller chantant l'*Agnus Dei* de Bach, de contempler le crépuscule recouvrir peu à peu la baie de Cassis, et de se laisser bercer une fois la mélodie éteinte par le doux clapotis des vagues, mais le constat qui s'impose à moi, ce soir, est que ma solitude n'a plus guère d'expédient. Mère s'est évaporée, et j'ai perdu sa trace. Gimlet me manque. Mort de vieillesse il y a bien longtemps à la Zarzuela, il n'a jamais cessé d'occuper mes pensées. Le souvenir de sa bonté simple, de sa loyauté et de son dévouement reste comme une petite entaille à jamais béante dans mon cœur. Neuf ans après, je ne me sens toujours pas prêt à *reprendre un animal*, comme on dit, même si, dans les moments de mélancolie aiguë comme maintenant, dès que j'aperçois un heureux maître promener son toutou, il me vient des envies d'enlèvement, des désirs d'étreintes moelleuses, baveuses, et d'un être qui me fasse des joies quand je rentre au foyer après une rude journée. Le souvenir de Polype, je dois le reconnaître, même si j'aurais préféré posséder suffisamment de bonté pour chérir mes deux compagnons d'un amour égal, n'éveille pas en moi de sentiment aussi intense. Les possibilités d'interagir avec une créature si étrange restent limitées. Il est vrai qu'une certaine proximité, ainsi qu'une communauté d'intérêt se faisaient ressentir entre lui et Gimlet, mais je n'ai jamais observé l'antébrachion manifester de véritable élan d'affection envers lui, non plus qu'envers moi. Non pas que je me dénigre, mais je n'ai jamais tiré non plus de quelconque orgueil du fait qu'il soit issu d'une partie de moi-même, et cela ne nous a nullement rendus familiers. Je ne l'ai jamais connu fourbe, non plus, et sa présence restait un agrément ; seulement, il faut l'admettre, l'hermétisme réciproque de nos natures si différentes nous a maintenus toujours à distance, comme par magnétisme inversé, dans un scepticisme affectif qui n'a jamais connu de faille.

Bref, je suppose que ça ira mieux demain, mais pour l'instant, je me sens seul, et dans une grande indécision, car maintenant que j'ai éliminé Ludovic, je ne vois plus quelle carte il me reste à abattre.

Tout a basculé en 2045. A l'approche de mon vingtième anniversaire, une douleur inédite à mon genou, une prise de poids insidieuse, quelques reflets d'argent apparus dans ma crinière et un bilan sanguin imparfait ont été autant de signes qui me suggéraient que j'atteignais probablement le mi-temps de mon existence, ou, du moins, qu'après n'avoir connu qu'ascension physique puis sommet de force et de santé, j'allais désormais, même si je ne me sentais encore nullement amoindri, entamer la longue pente d'une inexorable décadence. Et je ne pourrais rien y faire, sinon apprendre à m'économiser, me ménager, m'entretenir, corps et âme, et faciliter mon adaptation à la décrépitude, peut-être, par une introspection approfondie, éventuellement associée à quelque diète médicamenteuse. Dans cet état d'esprit, j'ai songé à la dette de mère envers moi. Ma future compagne n'était toujours pas née, pas même probablement sur le point d'être conçue, alors que le temps devenait pressant. Il fallait considérer bien sûr qu'elle ne serait pas immédiatement ma compagne, qu'il lui faudrait d'abord devenir adulte, et je me suis vu vicillard, n'ayant plus d'autre choix que de voler à la vie de misérables miettes avant de m'éteindre. Je me suis vu croulant, laid, irascible, auprès d'une maîtresse trop jeune et vivante pour apprécier ma présence déconfite, partager mon humour suranné, mes centres d'intérêts rasoirs, et dont l'existence, elle aussi, se trouverait lésée dans le futur par mon présent attentisme. Ainsi, pressé par cette prise de conscience, je me suis, d'un côté, mis en quête, à travers le monde, de génies obscurs capables de réaliser mon projet, et de l'autre à renouveler en pratique la seule méthode dont je disposais pour relancer mère, à savoir l'élimination méthodique de ses êtres chers. N'étant pas mû par une volonté de vengeance ou par quelque sentiment sadique à l'égard de mère, j'ai pris soin au début d'épargner les personnes qui me semblaient lui être les plus aimées, et d'éliminer d'abord ceux qui *a priori* devaient compter au second plan. Au printemps 2045, il y a eu ses frères, Damien et François, qui ne m'ont donné aucun mal. Je n'ai pas voulu tuer Arthur, en décembre de cette même année. Mais il m'avait pris en sympathie, et parce que j'avais pitié de lui, je l'ai laissé m'embarquer dans un projet de braquage qui lui tenait très à cœur et avec lequel, je crois, il cherchait à m'impressionner. L'aventure s'est terminée bêtement. J'étais au volant et, le butin dans un sac de sport sur les genoux d'Arthur, nous étions poursuivis par la police dans les lacets et les épingles à cheveux d'une route de moyenne montagne. Grâce au moteur performant et à la tenue de route impeccable de notre Tesla, alliés bien sûr à une conduite exigeante de ma part, nous étions sur le point de semer nos poursuivants quand Arthur, exalté, a laissé lui échapper sa cigarette. L'apercevant rouler sous mes pieds, j'ai essayé de la piétiner afin de l'éteindre, et baisser les yeux m'a fait rater un virage. Nous avons dévalé je ne sais quelle hauteur de falaise, et rebondi si durement sur les rochers que la voiture devait être en bouillie bien avant d'atteindre le sol. Quand plus rien n'a bougé, je n'ai pas osé regarder Arthur, tant la forme sanglante et disloquée qui apparaissait dans ma vision périphérique me semblait invraisemblable. Moi-même, j'ai mis du temps à me remettre d'une douleur lancinante aux cervicales. C'est là aussi que Polype a perdu la vie. J'avais oublié qu'il dormait dans mon havresac, jeté sur la banquette arrière au moment de prendre la route de la banque. Cet événement m'a fait me sentir coupable, vis-à-vis de mère, aussi je me suis abstenu de relances durant une période, me contentant d'un statu-quo. En 2047, voyant que rien n'évoluait et revigoré par un trek introspectif dans la chaîne himalayenne, j'ai décidé de frapper à nouveau. A Madrid, comme j'avais du mal à approcher Charlie à cause de ses gardes du corps, j'ai opté pour la stratégie de la voiture piégée. Concernant Père-Enseignant, j'ai eu beaucoup de scrupules, car c'est lui qui m'a donné le goût des livres, et, pour les besoins de la cause, il me fallait à cet égard faire abstraction de la dette que j'avais envers lui. J'ai quelque temps hésité, aussi, car je ne savais pas véritablement quel était le niveau d'affection que mère avait gardé pour lui après leur divorce. Après mûre réflexion, j'en suis venu à gager que la perte de Père-Enseignant, qui était quand même le père de ses fils et avec qui elle avait partagé une longue part de son existence, ne devrait pas la laisser de marbre. Pour être tout à fait exact, j'ai hésité à tuer Ludovic avant même Charlie et Père-Enseignant, me demandant quel était le degré d'engagement sentimental de mère auprès de cet amant écrivain, dont les poses romantiques et les regards sévères, sur ses photos promotionnelles, me paraissaient parfaitement ridicules pour un homme, et d'autant plus de son âge. Etait-ce bien une histoire sérieuse ? Je n'avais toutefois pas d'éléments pour en douter, mais pas non plus de preuves qui me confirment la réalité d'une supériorité d'attachement. Et comment est-il possible, au fond, de juger de ces questions-là sans être à la place de la personne concernée ? Pour des questions bassement logistiques dont je ne me souviens plus très bien, j'ai tranché, jugeant finalement plus simple de préparer d'abord un attentat à la bombe à Madrid, et ensuite de faire d'une pierre deux coups, puisque je disposais d'une deuxième cible à portée de main, en défenestrant mon pauvre Père-Enseignant. Après eux, en me morfondant du sort qui m'avait conduit à occire des êtres que j'avais aimé, j'ai attendu une réaction de mère. Rien n'est venu, sinon les habituels versements d'argent, ce qui rend toujours service, mais n'allait pas dans le sens de ma priorité. A cette époque, il faut préciser, cher journal, qu'en même temps que mon âme s'assombrissait par le meurtre, mes espoirs commençaient à refleurir. Kumar, l'élève indien sur lequel j'avais misé s'avérait plus prometteur de semestre en semestre. J'avais par ailleurs eu la surprise d'être contacté par Bertrand, dont les équipes m'avaient localisé je ne sais comment, alors que je crapahutais, sac au dos, solitaire, dans une forêt de Bavière. Dans un luxueux appartement munichois, j'ai été conduit pour le rencontrer, lui qui désirait plus que tout relancer son ancien projet. Par ses contacts dans les services secrets, il avait eu vent de quelques bribes plus ou moins vraies, plus ou moins erronées de ma carrière, et s'avouait admiratif de mon aptitude à ne jamais baisser les bras. Quoi qu'il en soit, il tenait à souligner que désormais, nos intérêts convergeaient, et de recevoir cet appui a été pour moi un formidable encouragement.

Malgré ces avancées, j'avais toutefois l'impression qu'in fine, le temps viendrait à manquer. La résistance de mère m'apparaissait de plus en plus comme une insupportable posture criminelle, qui ne pouvait durer. Un lumbago m'a cloué au lit pendant trois jours, et c'est de très sale humeur que j'en suis venu à rayer le dernier nom important de la liste : ce cher Ludovic. Et maintenant ? Mère est partie je ne sais où, et non seulement je ne me sens pas plus avancé, mais mon état d'esprit, qui m'empêche de dégager de la situation d'éventuelles notes positives et autres touches d'espoir, me traîne, malgré les charmants miroitements nocturnes de la baie de Cassis, à travers le brouillard d'un calvaire infini.

*

* *

23

Sur le dessus de la pile de cahiers, était posée une enveloppe. Anne-Charlotte, blêmissant, les mains tremblantes, déplia la lettre :

Si vous lisez ces mots, chère mère, sachez que je vous embrasse avec tendresse, car vous devez vous trouver dans le plus grand désarroi. Je vous ai menti, notre nouveau laboratoire ne se situe pas à la Zarzuela mais dans un endroit que je suis tenu de garder secret. Quoique vous en doutiez probablement, étant donné les innombrables souffrances que je vous ai infligées, vous imaginer dans le malheur m'a toujours serré le cœur ; j'ai d'ailleurs, toute ma vie durant, eut le cœur brisé en pensant à vous, à cette tragédie au style cruel et répétitif qui a frappé notre existence, et soyez sûre qu'il n'est jamais passé un jour sans que me vienne une pensée pour vous, un souvenir lumineux de nos belles années, un regret profond, le sentiment d'un beau gâchis.

Lorsque, peu après votre départ de la Zarzuela, j'ai découvert cette clef USB que vous aviez cachée ici, j'ignorais tout à fait quel merveilleux trésor elle pouvait receler, mais je l'ai conservée précieusement, conscient qu'elle pourrait un jour m'être d'une quelconque utilité. Longtemps après, alors que j'avais presque oublié l'existence de cette clef, un événement, un déclic me l'a rappelée. C'était il n'y a pas longtemps, quelques semaines à peine avant que je vienne vous rendre visite dans votre bidonville florentin. Kumar, tout juste installé dans notre nouveau laboratoire, se lamentait déjà de l'ampleur de la tâche à accomplir, et me tenait un discours de découragement qui me plongeait dans un grand accablement. Et puis soudain, par un sursaut de mémoire, j'ai repensé à cette clef, en ayant l'intuition qu'elle serait peut-être notre planche de salut. J'ai alors confié la clef à Kumar, et celui-ci a installé le programme sur son ordinateur. Au bout de quelques jours, le temps pour lui d'analyser et de comprendre le fonctionnement, l'architecture, la finalité et les complexes paramétrages du programme, Kumar est revenu me voir avec une bonne humeur et un sourire qui, je l'ai compris tout de suite, étaient l'annonce de notre « Eurêka ! » Il s'est remis à la tâche, désormais nourri de raisonnables espoirs et, je dois vous le confier, ce programme, que vous avez conçu, était l'unique pièce manquant à notre réussite !

Oh, chère mère, le massacre n'est plus à votre porte, car combien je vous suis redevable ! Avez-vous laissé intentionnellement cette clef, comme un indice, une chance, pour que nous la trouvions un jour et nous en servions pour résoudre l'énigme de votre protocole ? Et vous auriez parallèlement, tout en m'octroyant cette chance, cette ouverture dans votre long refus, laissé vos proches, vos enfants chéris, vos amants, périr les uns après les autres ? Je ne le crois pas, cela ne vous ressemble pas, vous qui, sous une apparence parfois rude, un glacis superficiel, êtes une femme aimante, un cœur généreux. Je pense qu'au moment de votre départ, quelque parcelle inatteignable de votre inconscient vous aura conduite à omettre cette clef, dans le but inavoué que quelqu'un, après vous, accomplisse le destin magnifique auquel vous vous refusiez vous-même. Quoi qu'il en soit, je vous rends grâce, et c'est pour vous remercier de cette aide indispensable que vous m'avez apportée, même si cela n'est qu'à votre insu, qu'en échange je vous restitue un peu de la vie que vous m'avez fabriquée, au travers de ces cahiers intimes, ce journal rédigé depuis mes trois ans et demi jusqu'à ces derniers jours. Je brûle de rage et d'un sentiment d'injustice, chaque moment qui passe un peu plus consumé de vous avoir perdue. Puissiez-vous me pardonner dans cette vie.

Votre enfant qui vous aime
Gamberetto 517

Elle s'était assise sur le rebord du lit, une mèche de cheveux collée le long d'une tempe, de la sueur perlant au bord de ses sourcils. La lettre entre les mains, silencieuse et absorbée par sa lecture, elle te fit signe, Baldassare, de la laisser seule. Tu descendis et allas te promener dans la Zarzuela.

C'était une journée suffocante, un temps dont tu avais entendu qu'on l'appelait ici « *mormaso* » ou « *mormaço* ». En regardant la position déjà basse du soleil derrière le voile fin des nuages, tu songeas qu'il vous faudrait déguerpir avant la nuit, car tu n'envisageais pas de rester bivouaquer dans cet inquiétant et sordide terrain vague.

En approchant ce qui avait été l'enclos du composite, tu vis que les portes du sas d'entrée étaient béantes. Tu traversas la passerelle qui enjambait la douve asséchée, et avanças, dans les herbes hautes, vers une rangée d'arbres, un petit bois qui, dans tes souvenirs du récit d'Anne-Charlotte, devait être traversé pour atteindre l'endroit où se trouvait autrefois la cabane de Gamberetto. Tu regrettas de ne pas t'être équipé au préalable d'une machette et de chaussures de randonnée, car l'herbe était haute, la végétation très dense et sombre par endroit, et, dans cette région subtropicale, habillé en citadin, derbys et pantalon léger, tu craignais d'être mordu ou piqué par quelque bestiole.

Dans le bois sombre, tu enjambas ce qui semblait être une décharge improvisée où, parmi de menues ordures, myriade d'emballages de biscuits d'un autre temps, paquets de cigarettes et bouteilles de sodas vides, grille-pain, restes de cafetière, vieille télécommande, rouillaient un lave-vaisselle et une moto de marque Taiga, puis tu vis se dégager la clairière où se trouvait en effet une cabane. Elle semblait en bon état.

A une dizaine de mètres de la cabane, se dressait un monticule de pierres, une sorte de cairn minuscule surmonté d'une pierre plate et longue, disposée à la verticale, portant l'inscription : « Gimlet, 20?? – 2042 ». Gamberetto avait donc gardé le chien, le fox-terrier acheté par Anne-Charlotte pour détourner l'affection que les enfants portaient à la jeune créature. La cabane, dont les abords, de sable et de pierre, ornés d'îlots de massifs de broméliacées, semblaient être entretenus, n'avait pas de porte, mais une courtine de peau, probablement de buffle, que tu tiras avec précaution. Tu passas juste la tête à l'intérieur, et dus attendre quelques secondes afin que ta vue s'adapte à la pénombre. Le sol était de terre battue, il y avait une petite commode, une chaise paillée et, roulée dans un coin, une natte de palmes séchées et tressées. Sur la chaise paillée, était posé un exemplaire blême et bossué du *Livre de l'intranquillité* de Bernardo Soares, alias Fernando Pessoa. Contre une petite fenêtre sur la gauche, une table en bois nappée d'une toile à motifs floraux supportait un double réchaud de camping impeccable, deux petits verres, deux gamelles en fer-blanc, un torchon plié, un exemplaire de *De l'inconvénient d'être né* de Cioran, un transistor jaune à manivelle ainsi qu'une calebasse à tereré posée sur un vieux dictionnaire Le Robert. Sur deux murs, celui face à l'entrée et celui de droite, de haut en bas s'étageait une bibliothèque bien classée d'œuvres en langues espagnole et française. Tout semblait étonnamment propre et ordonné, sinon ce volume en poche de *La Route antique des hommes pervers* de René Girard, laissé négligemment au sol, pages de gauche roulées, pliées sous la couverture, ouvert sur la page 85 où se détachait, par la justification et les caractères réduits, une citation biblique sur laquelle, piqué dans ta curiosité, tu te penchas :

« On a fait de moi la fable des gens,
quelqu'un à qui on crache au visage.
Mes yeux s'éteignent de chagrin,
mes membres s'évanouissent comme l'ombre.
A cette vue, les hommes droits restent stupéfaits,
l'innocent s'indigne contre l'impie ;
le juste s'affermit dans ses voies,
l'homme aux mains pures redouble de force.
(17, 6-9) »

Posées chacune sur une étagère différente de la

bibliothèque, ce qui était certainement les trois photos manquantes de la chambre d'Anne-Charlotte montraient Gamberetto bébé : dans son couffin, hirsute et le visage fripé, sorte de gros ouistiti mignon. Un peu plus grand, emmailloté de blanc dans les bras du jeune Arthur, aux mains gantées de maniques à motifs vichy. Puis encore tout bébé, le visage distordu par un sourire avec Anne-Charlotte qui, plus jeune, belle et décoiffée, vêtue de ce qui ressemblait à un pyjama, le tenait à bout de bras dans l'imitation grotesque et joyeuse d'un geste d'offrande. A côté de cette dernière photo, se dressait une statuette, que, pour en avoir remarqué une semblable à Ciudad del Este en compagnie d'Anne-Charlotte, tu identifias comme étant une représentation de la divinité Kurupi, figure de la mythologie guarani reconnaissable à son long pénis embobiné autour de la taille. Dans les récits folkloriques, selon ce que t'avait expliqué Anne-Charlotte, le sexe de Kurupi avait pour particularité de s'étendre immensément et de se glisser sous les portes et à travers les fenêtres afin de féconder les jeunes endormies. Un calendrier cartonné de l'année en cours accroché au dessus de la commode confirma ta crainte, Baldassare, et tu perçus comme un flux soudain de sueur jaillir par tous les pores de ta peau. Ton dos sous ta chemisette de flanelle se mouilla, tu sentis dégouliner tes aisselles, dégoutter ton front, tes tempes. Alors que tu rebroussais déjà chemin d'un pas pressé, tu entendis une détonation, en provenance de la chaumière. Te surpassant, mû par un immense courage – car tu craignais fort, en allant voir là-bas, de te retrouver nez-à-nez avec la bête – tu traversas l'enclos à grande foulée, arrivas dans la chaumière et, armé d'un humble manche de pelle ou de pioche ramassé dans la cour, tu gravis prudemment l'escalier.

Anne-Charlotte était seule, pieds au plancher, genoux pliés, étendue sur le dos en travers du répugnant matelas. Le sommet de son crâne béait sur le vieux drap souillé de fientes et de plumes. Une gerbe de sang, d'os, de matière grise, montait de la plinthe jusqu'au plafond. Sa main droite était encore crispée sur le pistolet acheté la veille à Ciudad del Este. Au sol, à ses pieds, le cahier intime le plus récent était ouvert, sur un passage où Gamberetto vient d'apprendre par téléphone la naissance d'une femelle composite, qu'il décide de baptiser Savannah.

« Je ne sais pas, c'est joli, Savannah », écrit-il dans ce style rabougri, tremblant et serré qui couvre l'ensemble de son journal. « Il y a une dimension sauvage dans Savannah, qui s'accordera bien à sa mignonnerie de fillette et ajoutera à sa personnalité d'adulte une touche américaine, middle-class sudiste. C'est ce que m'évoquent les sonorités contenues dans le mot *Savannah*, qui, par ailleurs se rapproche de l'espagnol *sabana*, qui signifie *drap de lit*. Et cela, je le confesse, m'excite follement par avance. »

Baldassare, tu restas hébété, le cahier entre les mains. Tu le déposas sur le lit et te signas en contemplant le cadavre d'Anne-Charlotte.

Elle, la vieille captive du Njörd VII, la démiurge géniale et malheureuse, était morte, suicidée. Ton esprit s'embrouilla. Tu n'avais jamais vu le monstre qu'en photos. Mais quel crédit pouvait-on accorder à des photos, de nos jours ? Tu étais en nage dans la chambre, tourmenté par l'effroi et le doute. Le jour faiblissait. Du sang commençait à goutter depuis le lit sur le plancher. L'histoire d'Anne-Charlotte était-elle bien réelle ? Rien ne le prouvait, elle eût tout aussi bien pu être le récit d'une folle suicidaire, d'une perverse particulièrement habile ayant trouvé en toi, Baldassare, capitaine démissionnaire, l'oreille attentive du parfait pigeon. Cependant, tu avais senti comme une présence de nature étrange, inhabituelle, anormale, lorsque tu t'étais rendu dans l'enclos. La bête existait-elle ? Pouvait-elle être ici, en ce moment, près de toi ?

En un sursaut, tu t'arrachas à ces interrogations stériles. A regret, car une telle décision te semblait souiller injustement la dignité d'une morte déjà victime d'une quantité d'abominations inacceptable, tu renonças à creuser une sépulture à Anne-Charlotte. Cela aurait impliqué de s'attarder ici, d'y passer la nuit, ce qui, au vu de l'atmosphère de danger imminent qui régnait dans la zone, te semblait d'une sotte imprudence.

Tu sortis de la chaumière, le carton rempli de cahiers dans les bras. Et, au volant du quatre-quatre, climatisation réglée au degré le plus froid, à peine franchie l'arche de la Zarzuela, tu tentas de te rassurer, Baldassare. De te persuader qu'il n'y avait pas de lâcheté dans ta fuite, mais simplement l'attitude de prudence d'un père de famille découlant en toute logique d'une juste évaluation des risques.

24

Tu fus bientôt de retour en Italie et retrouvas ta femme Giuliana et ta fille Ornella dans cette maison étrusque au nord de Rome, située dans une forêt, au sommet d'un éperon rocheux, que vous aviez à peine commencé à remettre en état avant ton départ de Livourne.

Datant en fait du XIXème siècle, la maison n'est pas véritablement étrusque, mais repose sur des fondations étrusques, comme la plupart des constructions du hameau qui s'étend sur le sommet de cet éperon rocheux. C'est par exemple une citerne creusée dans la roche du temps des étrusques qui vous sert de cellier. Aussi vous ne vous embarrassez pas et la résumez en maison étrusque.

Avec beaucoup d'appréhension, dès le soir de ton

retour et quand Ornella fut endormie, tu déposas des bûches dans le poêle qui peinait à réchauffer ce vieux salon encore mal isolé. Tu t'assis sur le canapé auprès de Giuliana, qui était recroquevillée sous une couverture, et lui racontas ta rencontre et ton périple avec Anne-Charlotte.

Au commencement de ton récit, la belle Giuliana sembla piquée par la jalousie. Elle te considéra avec un air de scepticisme qui, la connaissant, devait dissimuler de la colère. Tu n'oubliais pas que le jeu avec elle restait délicat. Juste avant ton départ de Livourne, tu avais reçu de sa part une lettre t'annonçant qu'elle voulait divorcer. Elle t'avait écrit, à toi qui vivait avec elle et avec qui elle aurait pu parler, afin que les mots, des mots écrits, aient davantage de poids. Et bien qu'elle ait prétendu ensuite avoir agi de manière impulsive, ce geste théâtral de sa part en laissait supposer de futurs, plus violents et définitifs. Tu insistas sur le fait que tu avais voulu aider une vieille dame, tu tâchas de lever toute ambiguïté, lui servis de cet excellent Tannat d'Uruguay que tu avais rapporté de ton voyage et ta narration partit enjouée, tous azimuts. Puis, sans doute convaincue de ta sincérité, elle t'écouta avec plaisir, te sembla-t-il. Elle te crut, Baldassare.

Toi-même, certes, tu n'avais pas vu le monstre, sinon sur des photos. Et puis il y avait cette caisse de cahiers manuscrits qui m'appartiennent, que tu avais emportée avec toi sans en être le propriétaire. Bien sûr, les photos pouvaient aisément avoir été truquées, générées par une quelconque intelligence artificielle, et les manuscrits rédigés par Anne-Charlotte elle-même ou là encore par une quelconque intelligence artificielle. Mais pour en avoir parcouru une bonne partie, en la traduisant du français à l'italien grâce à un scanner *ad hoc* sur ton téléphone, dans les vols d'Acunción à Rome via São Paulo, ils te semblaient porter les marques subtiles du vécu réel, l'apparence de la plus pure authenticité. Giuliana à son tour en lut des passages, qu'elle trouva excellents. Elle te conseilla d'en envoyer des extraits à un oncle à elle, qui était éditeur à Rome.

Tu rencontras bientôt cet éditeur, vieil homme aux manières suaves, avec qui tu te remémoras avoir échangé deux mots devant le buffet des entrées lors de ton mariage dans une salle des fêtes de Viterbe.

– C'est assez fou, te dit-il, dans un café situé près du palais Montecitorio de Rome, où je vous écoutais en secret, le visage dissimulé sous une vaste capuche de sport. La rumeur court depuis des années que de telles expériences ont eu lieu, mais je n'aurais jamais cru à l'existence d'un tel être. Aujourd'hui, vous me faites douter, Baldassare.

L'éditeur fut amusé du cas de conscience que tu lui exposais quant à la paternité de l'œuvre et au consentement de l'intéressé.

– Mais enfin, jeune homme, comment une créature non-humaine pourrait-elle revendiquer des droits d'auteur ? s'exclama-t-il dans un grand éclat de rire. En tant qu'inventeur, comme on dit, vous êtes libre d'exploiter ces textes comme bon vous semble ! Et je vous invite à me les présenter dans leur intégralité !

Combien j'étais révolté d'entendre ça, Baldassare ! Et le pire, c'est que tu semblas finalement d'accord avec lui, et prêt à répondre affirmativement à son invitation de te faire de l'argent sur mon dos ! J'étais certes heureux d'avoir désormais à mes côtés un bébé qui, une fois adulte, deviendrait ma compagne pour la vie, mais cette situation d'équilibre personnel n'impliquait pas que je renonce à mon droit, ma dignité, et me laisse gruger de la sorte. Il ne m'en restait pas moins intolérable que toi, l'inconnu, recèle avec tant de malhonnêteté le trésor que j'avais légué à mère, sans savoir que la malheureuse en concevrait un désarroi si violent qu'il la pousserait à se tuer. Oh, mère chérie, il t'était destiné, ce témoignage ! Elle t'était adressée, cette œuvre d'art ! Comme je suis dévoré par les regrets, et comme j'étais révulsé par ta légèreté, Baldassare !

C'était une nuit froide de mars, pluvieuse, venteuse, vers quatre heures du matin. Dans le couloir obscur, sans bruit j'enjambai un bac en plastique rempli de bouteilles vides, je passai devant une pièce grise et sale destinée probablement à devenir une chambre et contournai un empilement de gros ballots de laine de chanvre sous plastique. Le sol, un vieux carrelage clair dans un état correct, était couvert de poussière de plâtre et parsemé d'outils divers, de clous, chevilles, débris de quincaillerie, seaux et bassines, cabas remplis de bric-à-brac, entre des empilements de cartons sous bâche qui n'avaient pas été vidés. Au bout, dans la grande salle équipée d'un poêle et d'un canapé qui semblait faire office de salon, sous un plafond de lambris façon chalet à la montagne, des plaques de plâtre défoncées à coups de masse gisaient en morceaux, à même le sol. D'autres étaient visibles par la porte-fenêtre entassées dans les herbes hautes du petit jardin, dans l'attente de quelques allers-retours à la déchetterie. A l'époque, en 2052, la plupart de vos amis vous avaient juré que vous commettiez une grave erreur, mais vous aviez pris le pari du viager avec cette vieille dame seule. C'était certes un risque à courir, mais toi-même Baldassare, en tant que capitaine intérimaire ne souhaitant pas naviguer toute l'année, tu ne disposais que de maigres économies. Quant à Giuliana, qui était professeur de maternelle, elle ne pouvait compter que sur un modeste héritage, et la somme réunie était loin de vous permettre d'acheter dans la région le bien dont vous rêviez. Du reste, tous deux aviez eu le coup de cœur pour le caractère de cette vieille maison, et par-dessus tout, Baldassare, tu avais été traversé par une fulgurance. Sur le plan rationnel des probabilités médico-sociales, le risque était certes élevé d'attendre quinze ou vingt ans que la dame ne décède enfin, à trépigner désespérément dans une situation vue au départ comme transitoire et de devoir au bout du compte une quantité d'argent que vous ne seriez pas en mesure de débourser. Cependant, Baldassare, sans pouvoir te l'expliquer, tu avais été persuadé dès l'origine que le choix se révélerait gagnant. Dès le début, rien que la photo de la maison rustique sur Internet, l'ocre jaune de la façade, le vert bouteille des volets en fer, l'aspect broussailleux du petit jardin, la tache pâle du ciel, l'équilibre des formes et des couleurs, la vue sur la forêt profonde en contrebas, t'avaient frappé comme un signe mystique. Portée par ton enthousiasme, Giuliana t'avait suivi. Vous aviez rapidement signé les papiers. Puis quelques mois après, à force d'y repenser et d'en parler en famille et avec vos amis communs à Rome, elle avait commencé à se laisser gagner par le doute. Notamment sous l'influence de son père, Pasquale, qui n'avait eu de cesse de se déclarer « extrêmement inquiet » pour vous et pour l'avenir d'Ornella. A force, Giuliana et toi aviez commencé à vous disputer fréquemment. Le passage du temps avait finalement donné raison à ton instinct, puisque deux ans à peine après la vente, une embolie pulmonaire avait emporté la vieille propriétaire.

Vois-tu, Baldassare, je te connais par cœur !

Cette nuit froide de mars, tu dus refermer les yeux, un instant, avant que Giuliana, à côté de toi dans le lit, ne te secoue l'épaule de la main.

– La petite! siffla-t-elle.

Alors comme elle, tu compris ce qui se jouait, sautas du lit et t'élanças dans le couloir. Quand tu arrivas dans la chambre d'Ornella, celle-ci dormait, la fenêtre battant au vent. La température de la chambre était encore douce, ce qui signifiait que l'intrus – il y avait bien eu un intrus dans la maison, je te le confirme – venait tout juste de sortir. Tu trouvas également que l'air sentait le savon vanillé. L'essentiel était qu'Ornella soit saine et sauve, mais tu ne retrouvas pas le sommeil.

Le lendemain soir, ayant compris l'avertissement que l'infâme créature venait de te laisser, dans ton pyjama de flanelle grise, avec ton vieux tatouage violacé de manticore, gueule de monstre émergeant de ta nuque, ton anneau d'or à l'oreille gauche, plutôt que de t'obstiner à faire publier une œuvre ne t'appartenant pas au péril de ta vie et de celle de tes proches, tu eus l'idée pertinente et la bonne réaction de père de famille de déposer l'ensemble de mes cahiers dehors, dans une cagette, devant ta porte, afin que je vienne nuitamment les récupérer.

Dès l'aube, après avoir une nouvelle fois tremblé sans fermer l'œil, toi dont il faut d'autant plus saluer l'effort de prudence que tu es enclin à la faiblesse, tu sortis sur le pas de ta porte constater avec soulagement que le danger s'était éloigné en même temps que la cagette.

Depuis, tandis que lentement les années entraînent loin de moi ma dulcinée, et avec elle tout mes espoirs d'une vie meilleure – Savannah, par quelle folie t'es-tu refusée à moi ? Comment oses-tu te permettre, étant toi-même si seule, de me trouver à ton goût trop hideux, toi qui ne l'es pas moins ? – c'est avec un ennui mêlé d'envie et d'amertume, je l'avoue, que j'observe, épie et consigne l'écoulement de ton existence.

Printed by Amazon Italia Logistica S.r.l.
Torrazza Piemonte (TO), Italy

62397890R00131